Erik D. Schulz

# *Crystal – Zu den Sternen fliegen*

Erik D. Schulz

# *Crystal – Zu den Sternen fliegen*

Delfy International Publishing

Covergestaltung: Stefanie Groß

Coverbildlizenzen: Vorderseite Serpeblu © iStock, Rückseite Kaarsten © iStock

Covertext geschrieben von Friedrich

Herstellung: BoD – Books on Demand, Norderstedt

Alle Ähnlichkeiten mit lebenden oder verstorbenen Personen, realen Handlungen und Orten wären rein zufällig. Es handelt sich um eine fiktive Geschichte.

Bibliografische Information der Deutschen Nationalbibliothek: Die Deutsche Nationalbibliothek verzeichnet diese Publikation in der Deutschen Nationalbibliografie; im Internet über http://dnb.d-nb.de abrufbar.

Printed in Germany

ISBN 978-3-9814022-6-1

facebook.com/ErDSchulz

www.edschulz.de

Mein besonderer Dank gilt meinen Lektoren Dr. Gregor Ohlerich (freie-lektoren.de) und Jonas-Philipp Dallmann (lektorat-dallmann.de), Stefanie Groß, Diplom-Grafikdesignerin, die das Cover gestaltete, Claudia Grundschok, die das abschließende Korrektorat übernahm, und meiner Familie.

# 1

Tobias Menzel stierte auf seine beiden Ratten, die ihn mit ihren roten Augen fragend ansahen. Vermutlich lag es an seinem wunderlichen Outfit, das sie nicht gewöhnt waren: Wie ein Ninjakämpfer hatte er sich komplett in Schwarz gehüllt. Nur den Kasack zierte ein orientalisches Drachenmotiv. Die Kapuze hing nach hinten gezogen zwischen den Schultern. Da den Ratten zumindest das nadelscharfe Gesicht mit den blonden Locken und der kleinen Hakennase bekannt vorkam, gingen sie zur Tagesordnung über und taten sich an Nippeltränke und Futternapf gütlich. Sie scherten sich nicht um die Frage, warum Menzel heute keinen Anzug trug.

Die Tiere knabberten an Paprikastückchen und putzten sich das beigefarbene Fell. Ihr Gebalge um die schaukelnde Korkröhre bemerkte Menzel nicht mehr, wenn er überhaupt Notiz vom Leben im Käfig genommen hatte. Mit verkrampfter Halsmuskulatur drehte er den Kopf zur Seite und kniff die Augen zusammen, als lausche er auf etwas aus Richtung der Dachfenster. Doch bis auf gelegentliche Piepser herrschte Stille. Kein Wort drang von draußen zwischen die weißen Bücherregale und die edel schimmernden Küchenfronten des Lofts herein.

Ein Flackern lag in Menzels Augen, unwillig runzelte er Augenbrauen und Stirn. Plötzlich sprang er auf und hob die Arme gegen einen unsichtbaren Feind, ganz so, als hielte er ein Samuraischwert in den Händen. Der skurrile Kasack flatterte dabei um seinen drahtigen Körper. Er duckte sich weg, tänzelte vor und zurück und stach in die Leere. Von eingebildeten Schlägen attackiert, krümmte er sich und ging einen Moment lang in die Knie. Nach drei Atemzügen sprang er wieder auf, wich schattenhaften Angreifern aus und vollführte eine Drehung mit gestrecktem Bein. Das gab ihm genug Schwung, um bis vor den Rattenkäfig zu schlingern, der auf einem Schrank zwischen Wohnbereich und Küche stand.

Keuchend umarmte er den Glaskasten, sodass die Ninjakluft ihn umschloss wie die Flügel einer riesigen Fledermaus. Dann schlug er ein halbes Dutzend Mal mit den Händen gegen die Scheiben. Sägespäne stoben auf. Die Ratten flitzten in die unterste Etage, um in ihrem Schlafhäuschen Schutz zu suchen. Verstört lugten sie aus den Öffnungen.

Mindestens ebenso verwirrt verfolgte Niklas die groteske Szene, die sein Mathematik-Nachhilfelehrer da vor ihm aufführte.

Seit einem halben Jahr ertrug Niklas jeden Mittwochnachmittag zwei Stunden lang dessen barsche Methoden, ihm seine Rechenschwäche auszutreiben. Menzels genial logische Erklärungen hatten ihn von einer Vier auf dem Halbjahreszeugnis der Neunten auf eine knappe Zwei zu Beginn der Zehnten gehievt. Für ihn war der hochbegabte Physikstudent ein immens wichtiger Mentor, um in dem Schlüsselfach bis zum Abitur zu bestehen. Kein anderer Lehrer vermochte es seiner Überzeugung nach, ihm die komplizierten Terme, die Logik geometrischer Figuren oder die Potenzrechnung so nahezubringen.

„Können wir jetzt weitermachen?“, fragte Niklas vorsichtig, nachdem er seine Kehle mit einem Schluck Club-Mate befeuchtet hatte.

Menzel wandte sich um, neigte den Kopf und verkrampfte den Körper wie ein zum Reißen gespanntes Seil. Mit Ausfallschritten stürzte er zum Esstisch und hielt Niklas sein imaginäres Schwert an den Hals. Dieser wich zurück, riss seine hellblauen Augen auf und umklammerte die Stuhllehne. Während sein Gesicht an Farbe verlor, versuchte er die Situation zu begreifen. Er kam zu dem Schluss, dass der Nachmittag in einem Desaster enden könnte. Schnaufend beugte Menzel sich zu ihm hinunter, bis sich ihre Nasenspitzen fast berührten.

„Dir fehlen wieder mal die Basics, Attila", herrschte er seinen Schüler an. „Du kleiner fucking Genius brauchst dieses Polynom doch nur noch hinzukritzeln, hinzuflicken, hinzuficken – dieses Scheißding!" Mit dem Zeigfinger pochte er auf das karierte Papier.

Niklas war es gewöhnt, für seine dürftigen mathematischen Leistungen schroff angegangen zu werden, doch Beleidigungen hatten bislang nicht zum Repertoire seines Lehrers gehört, dessen Speichel ihm gerade an die Wangen flog. Eine kleine Ewigkeit lang funkelten verrückte Augen ihn aus wenigen Zentimetern Entfernung an. Schließlich ließ Menzel sich rückwärts auf einen Stuhl fallen und legte die Hände auf den Tisch. Mit dem Ärmel seines Sweatshirts, das ein Heisenberg-Motiv aus der Serie *Breaking Bad* zierte, wischte Niklas sich das Gesicht ab und strich seine langen, blonden Haare aus den Augen und der pickligen Stirn.

„Jetzt pass auf, du kleiner Scheißer, was ich dir über ein Buch über okkulte Techniken zu sagen habe, aus dessen Inhalt man kein Geheimnis machen darf. Ein fahrlässiges Verschweigen wäre für die Menschheit viel zu gefährlich. Mithilfe der darin enthaltenen spiritistischen Techniken versetzt man sich nämlich in die Lage, Gefahren intuitiv vorauszuahnen." Menzel hob eine Hand und kreiste mit dem Zeigefinger um seine Schläfe. „So werde ich gewarnt und kann andere warnen, die wieder andere warnen können. Wie ein bunter Hund, verstehst du?"

Perplex nickte Niklas.

„Dank Buddhismus und Okkultismus bin ich gewarnt, dass diese Schweine mir auch noch Tina und Fritz nehmen wollen!"

Ohne sich umzusehen, ließ Menzel den Zeigfinger hinter sich

in Richtung Rattenkäfig kreisen. Die beiden Buddhastatuen rechts und links neben dem Glaskasten bekamen für Niklas auf einmal eine andere Bedeutung.

„Aber meine beiden Lieblinge da kriegen sie nicht! Peggy, meine Schuld, kapierst du? Hab sie ausreißen lassen, hat im Motorraum meines BMW übernachtet, hab sie auf der Wiese vor der Uni grasen gesehen, konnte sie aber nicht einfangen. Hab sie zu meinem Auto teleportiert, und die süße Peggy ist von unten in den Motorraum gesprungen. Bin natürlich sofort nach Hause gefahren."

Menzel griff sich Niklas' Club-Mate und leerte sie in einem Zug. In seinem Gesicht zuckten Muskeln. Jedes Wort betonend, redete er weiter und trommelte auf den Tisch. „Hab sie nie wiedergesehen. Glaubst du, sie ist während der Fahrt rausgesprungen und ums Leben gekommen?"

Niklas rieb sich den Nacken und quetschte ein „Nein" hervor.

„Nein!", brüllte Menzel und packte ihn am Kragen. „Quid pro quo, du Wunderknabe, das war richtig! Ermordet haben sie meine arme, kleine Peggy, ermordet! Geschlachtet, zerhackt, zerstückelt!"

Die Ärmel der Ninjakluft dicht vor seiner Nase, fürchtete Niklas, dass sich die Hände des Durchgedrehten im nächsten Moment um seine Kehle legen würden. Das Blut jagte ihm durch die Halsadern, die wild gegen den verdrillten Ausschnitt seines Sweatshirts pulsierten. Nur die Ratten würden Zeugen des Totschlags bei verminderter Zurechnungsfähigkeit werden, eine Vorstellung, die ein grässliches Gefühl schockgefrierenden Knochenmarks in ihm auslöste. Fieberhaft suchte er nach einer Strategie, dem Irrsinn zu entkommen. Der Gedanke, den Tisch umzustoßen, den Wahnsinnigen zu überwältigen und aus der Wohnung zu rasen, flirrte ihm fieberhaft durch den Kopf. Dagegen sprach die ausgezeichnete körperliche Verfassung des Langstreckenläufers, vor allem aber dessen aufgedrehter Zustand, der ihn unberechenbar machte.

Mit letzter Kraft würgte er eine Frage durch seine trockene und eingeengte Gurgel: „Aber wer hat sie ermordet?"

„Ahhhh!", schrie Menzel, stieß Niklas zurück und hüpfte rückwärts durch den Raum. „Abrakadabra, siehst du nicht die Insekten überall, die sie mir schicken, um Tina und Fritz zu zersetzen?"

Erschütterung und Angst ließen Niklas zittern. Tränen schossen ihm in die Augen. Er fürchtete, sich übergeben zu müssen. Sein Leben kam ihm plötzlich flüchtig vor wie ein Wimpernschlag.

„Mörder! Mörder!" Der Student, der von allen Seiten für seine herausragende Intelligenz bewundert wurde, setzte sich im Schneidersitz wippend auf den Fußboden und schlug halluzinierte Insekten tot. „Nur über meine Leiche … Verschwindet! … Meine Lieben, sie werden euch niemals kriegen!"

Niklas' Hand glitt in die Hosentasche, und nervös fingerte er an seinem Smartphone herum. Mit klimpernden Lidern und ohne den Kopf zu rühren, vermaß er den Abstand der Türen zu seinem Stuhl. Er kam zu dem Schluss, dass das Bad schneller zu erreichen war als die Wohnungstür.

Unterdessen stimmte Menzel einen zerfahrenen Sprechgesang an: „Aufgewachsen nach dem Jesus-Buch, lese ich zwischen den Zeilen und ziehe mich zurück auf den Berg am Mondsee. Auf der Flucht vor der Flut wurde ich aber von Kameras gefilmt, die du zur Tarnung in den Blüten der Blumen angebracht hast."

Die nächste Zeile und der geradezu psychopathische Blick seines Gegenübers beunruhigten Niklas aufs Äußerte. Bereit, ins Bad zu hechten, umklammerte er sein Handy und spannte alle

Muskeln an.

„Du nämlich, fucking Genius, bist derjenige, der mit den Killern unter einer Decke steckt.“ Wie eine Waffe spürte er Menzels kreisenden Zeigfinger auf sich gerichtet. „Süßer silberner Engel über dem See, komm herunter und fliege tief für mich …“

Als der Student in Ninjakluft eine imaginäre Spinne zu Matsch verwandelte, nutzte Niklas die Gunst des Augenblicks und sprang auf. Er stolperte und stürzte, wobei er einen Stuhl umriss. Vom Adrenalin getrieben, raffte er sich sofort wieder auf, schlitterte ins Bad und schloss die Tür hinter sich ab.

Er keuchte wie nach einem Zwölfminutenlauf und stützte sich mit den Händen auf die Oberschenkel. Um sich zu fangen und die Trockenheit in seiner Kehle zu bekämpfen, drehte er das Wasser auf, hielt beide Hände zusammen und trank gierig. Rasch wusch er sich das Gesicht, denn er hatte keine Zeit zu verlieren. Er fürchtete, Menzel würde gleich die Tür mit einer Axt zerlegen und seinen Kopf hindurchstecken.

Tatsächlich pochte es nur einen Augenblick später an der Tür. Niklas’ Brust schnürte sich zusammen. Er krallte die Finger ins Handtuch und presste es sich vor das Gesicht.

„Reiten habe ich als Kind gelernt“, tönte es von draußen im Sprechgesang. „Meine Eltern schenkten mir einen Pony-Rappen. In seiner schwarzen Mähne vergrub ich mich. Komm raus, Genius, wir haben was zu besprechen!“

Fahrig wählte Niklas die Nummer seiner Mutter. Seit einigen Monaten arbeitete sie in einer Klinik in München, wo sie hoffte, ihre Habilitation fertigstellen zu können. Sie sprach von einem vorübergehenden Arrangement, während er in Berlin allein mit seiner älteren Schwester Anni zurechtkommen musste.

Freizeichen. Die Sekunden schlichen vorüber wie ein Trupp verhungernder Gefangener. Auf seiner Stirn bildeten sich

Schweißtropfen. Wieder ein Klopfen an der Tür. Dann die Ansage: „Dies ist die Mailbox von … Annette Röder … Wenn Sie eine Nachricht hinterlassen wollen …“

Wütend quittierte Niklas die Nichterreichbarkeit seiner Mutter mit einem sarkastischen Lachen. „Vorübergehendes Arrangement!“, fluchte er und dachte, in einem Albtraum ist alles möglich. Und für ihn war Menzels Wohnung zu einem Albtraum geworden.

Er versuchte, seinen Vater zu erreichen, der als IT-Netzwerker in Hamburg arbeitete, doch das Ergebnis war das Gleiche. Schließlich blieb Niklas nichts weiter übrig, als den Notarzt zu verständigen. Nachdem er den Notruf gewählt, den Vorfall notdürftig geschildert und die Adresse angegeben hatte, setzte er sich erschöpft auf den Rand der riesigen blauen Wanne. Er ballte die Fäuste und biss die Zähne bei der Erkenntnis aufeinander, dass seine Eltern ihm in dieser Lage nicht einmal per Telefon zur Seite standen.

Überall im Bad lagen Fische, Muscheln, Seesterne aus Plastik und aller möglicher Kitsch herum. Selbst Handtücher, Zahnputzbecher und der Marmorboden zeigten Motive von Meeresbewohnern.

Während von draußen schrilles Geschrei an sein Ohr drang, suchte Niklas im Spiegelschrank nach einer Waffe. Eine Wolke von Aftershaves und Lotionen quoll ihm entgegen, aber er fand nur eine Haarschere, die er für untauglich befand. Konsterniert nahm er einen Zahnputzbecher, füllte Wasser hinein und setzte sich auf den Toilettendeckel. Die Zeit bis zum Eintreffen der Rettungskräfte verging quälend langsam.

Die Tatsache, dass er seinen Nachhilfelehrer verlor, wog schwer. Was für andere Zehntklässler kein Problem dargestellt hätte, war für Niklas eine Katastrophe. Woher fähigen Ersatz nehmen, um Algebra in sein Hirn zu bekommen? Unruhig rutschte er auf dem Klodeckel herum und biss sich auf die Lippen. Sein festes Ziel, das Architekturstudium, das er unbedingt in Frankreich absolvieren wollte, wankte. In Französisch und Kunst war er in der Klasse der Überflieger, aber in Mathe musste er kämpfen wie ein Berserker. Architektur bestand nun einmal nicht nur aus künstlerischer Vorstellungskraft und Kreativität, sondern selbst bei einem einfachen Einfamilienhaus auch aus Statik und Baukonstruktion. Das wusste er gut von seinem viel zu früh verstorbenen Großvater, der als Architekt Luxushotels und Einkaufszentren entworfen hatte. Niklas bewunderte ihn, denn der Großvater hatte ihn so oft wie möglich einbezogen, hatte ihm Dinge erklärt und inspiriert. Seitdem hatte Niklas begonnen, Architektur als Kunst zu verstehen. Vor dieser Zeit, so kam es ihm heute vor, war er blind durch die Städte dieser Welt gelaufen.

Wieder wummerte Menzel an der Tür, die jetzt bedrohlich in den Angeln bebte. „Hab mich in der schwarzen Mähne meines Ponys vergraben …“

Mit aufgerissenen Augen starrte Niklas auf die Tür. Er zitterte. Ein plötzlicher Schwindel erfasste ihn und drohte ihn auf den Boden zu werfen. Sein Hirn stocherte im Nebel unausgereifter Ideen, doch er war zu durcheinander, um irgendeine Verteidigungsstrategie zu finden.

Endlich unterbrach ein erlösendes Läuten seine Verzweiflung.

„Huch, wer dort?“, fragte Menzel affektiert. „Unsere geile Party ist doch erst übernächste Woche. Komm ja schon!“

Erleichtert stürzte Niklas das Wasser hinunter. Er prustete, schüttelte Arme und Beine aus und schlich zur Tür. Gedämpft hörte er, wie Menzel den Notarzt mit überraschender Bereitwilligkeit in die Wohnung ließ.

„Mein Name ist Doktor Kienert", stellte sich ein offenbar reiferer Mann vor, „und das ist mein Kollege, Herr Schneider. Ein Herr Röder hat uns gerufen. Er ist besorgt, Herr Menzel, weil es Ihnen nicht gutgeht."

Menzel beschimpfte den Arzt und dessen Helfer: „Schon klar, die bekackten Kapuzenmänner haben euch beauftragt, mich zu holen! Deshalb sucht mich ja auch die Polizei! Aber ich muss meine Ratten beschützen! Sie sind in höchster Gefahr!" Es folgten ein paar gemurmelte Worte. Niklas hörte tapsige Schritte, die an einen Tanz erinnerten.

Doktor Kienert sagte: „Ich verstehe und nehme das zur Kenntnis, Herr Menzel. Lassen Sie uns das später klären." Nach einem Moment der Stille fragte er: „Können Sie uns sagen, wo Herr Röder sich aufhält?"

Plötzlich hörte Niklas wieder eine Faust gegen die Badezimmertür hämmern: „Fucking Genius, der Handlanger? Hat sich eingeschlossen – die miese Pfeife!"

„Alles in Ordnung, Herr Röder?", rief Doktor Kienert.

„Ja, alles okay", antwortete Niklas, dem bei den Schlägen gegen die Tür der Zahnputzbecher aus der Hand gefallen war.

„Bleiben Sie bitte im Bad, bis ich mit Herrn Menzel die Situation geklärt habe." Der Arzt wandte sich wieder an seinen Patienten: „Sie wirken auf mich sehr aufgebracht, Herr Menzel. Was macht Sie so wütend? Wovor haben Sie Angst?"

„Sehen Sie nicht die Kapuzenmänner vor dem Fenster?" Menzels Stimme wurde wieder schrill und er schien durch den Raum zu hüpfen.

„Lassen Sie uns darüber sprechen", schlug der Arzt vor. „Bitte setzen Sie sich doch." Seine Stimme wirkte völlig kontrolliert, als würde er nie die Beherrschung verlieren.

Menzel kam der Aufforderung anscheinend tatsächlich nach,

denn Niklas hörte Stühle rücken.

„Ich muss doch etwas für meine Lieben tun … Sie haben doch niemanden als mich …“

„Natürlich, ich verstehe. Können Sie mir mehr darüber erzählen?“

„Ich bin so machtlos … und hilflos … Überall sind Feinde, unendlich viele Feinde … überall …“, offenbarte sich Menzel bebend und berichtete ausführlich von Insekten, Kapuzenmännern und der Polizei.

„Die meisten Menschen würden in Ihrer Lage sicher genauso empfinden.“

„Glauben Sie wirklich?“

„Sicher.“ Die Stimme des Arztes klang einfühlsam. „Geht es Ihnen schon länger so, dass Sie in allem eine Bedrohung sehen?“

„Ja“, gestand Menzel. „Schon eine ganze Weile … Aber bisher hat es niemand bemerkt!“ Er stockte und schien einen Augenblick lang düsteren Gedanken nachzuhängen. „Können Sie mir helfen, Doc?“

„Ich denke schon“, bestätigte Kienert.

Es folgte ein Brabbeln. Bald gelangte der Verwirrte zu einem Punkt, an dem er zusammenbrach, ein Klagelaut erfüllte den Raum, und schließlich hörte Niklas ein lautes Weinen.

Zwischen zwei Wellen der Erschütterung hörte er die Aufforderung des Doktors: „Trinken Sie das!“

Offenbar stürzte der Patient das Medikament bereitwillig hinunter, stellte anschließend das Glas ab und trommelte mit den Fäusten auf die Tischplatte.

„Ich habe den Eindruck, Herr Menzel, Sie sind sehr verzweifelt“, sagte der Arzt besonnen. „Es wäre für Sie jetzt vielleicht die beste Lösung, wir helfen Ihnen in einer Klinik. Würden Sie uns dorthin begleiten?“

„Ja", bestätigte Menzel, den eine letzte Konvulsion schüttelte. „Und meine Ratten, Doc? Werden Sie für sie sorgen?"

„Natürlich, für Ihre Tiere werden wir sorgen." Mit professioneller Überredungskunst bugsierte Doktor Kienert seinen Patienten aus der Wohnung.

Als die letzten Schritte und das Gebrabbel Menzels verhallt waren, umklammerte Niklas mit feuchten Fingern die Klinke, schloss vorsichtig auf und drückte sie hinunter. Verstört lugte er in die leere, jetzt fast gespenstisch ruhige Wohnung und leckte sich die Lippen. Viel Zeit, die Angst aus seinem Kopf zu vertreiben, blieb ihm nicht. Doktor Kienert, dessen Gelassenheit der Herbstwind weggeblasen haben musste, erschien in der Wohnungstür. Seine grauen Haare waren zerzaust, seine Stirn glänzte schweißnass und er wirkte erschöpft.

„Herr Röder, nehme ich an?"

Niklas nickte bestätigend, kam aber nicht dazu, etwas zu sagen. Die Zunge klebte ihm im Mund wie Dörrfleisch.

Erst jetzt realisierten die wachsamen Augen des Arztes, dass er es mit einem Jugendlichen zu tun hatte: „Oh, Sie sind aber ein junger Mann, Herr Röder. Wie auch immer, du hast gut reagiert. So eine akute Psychose kann nämlich für alle Beteiligten sehr gefährlich werden."

Unaufgefordert setzte er sich an den Esstisch, legte einige Papiere vor sich hin, setzte eine Brille mit dickem schwarzen Rand auf und ging eilig durch die Formalitäten: Er fragte Niklas, in welchem Verhältnis er zu dem Patienten stünde, ob er die Angehörigen verständigen und die Ratten versorgen könne und ob er morgen einige Sachen für Menzel ins Krankenhaus bringen würde. Kurz, sie besprachen diejenigen Dinge, die eine zusammenstürzende kleine Welt von außen einigermaßen zusammenhalten und im Chaos wenigstens ein bisschen Halt gewähren.

Dann streckte er ihm seine kalte Hand entgegen, verabschiedete sich und eilte zum Notarztwagen.

Allein in der Luxuswohnung, wog Niklas die Bedeutung der Worte „gefährliche akute Psychose" ab und spürte die kalte Angst, die ihm noch immer in den Knochen steckte. Es kostete ihn Überwindung, mit weichen Knien in die Küche zu schleichen und ein Glas mit Wasser zu füllen.

Am Esstisch trank er gierig und grübelte, welche Schritte er als nächstes organisieren musste. Die Stille der Räume lähmte ihn. Nur die Ratten piepsten und raschelten hin und wieder in ihrem Käfig. Schließlich überwand er die Blockade, stand auf und ging zu Menzels Arbeitsplatz am anderen Ende des riesigen Zimmers. Er hoffte, auf dem Computer ein Adressbuch mit der Telefonnummer von dessen Eltern zu finden.

Als er den Laptop aufgeklappt hatte, öffnete sich der Browser mit einer Pornoseite. Gut die Hälfte der Reiter am oberen Bildrand trug die Namen weiterer Sexseiten. Nicht, dass Niklas diese Art des Internetsurfens fremd gewesen wäre, aber jetzt war er davon genervt. Rasch schloss er die Fenster, nur um vom nun auftauchenden Bildschirmhintergrund überrascht zu werden.

Er sah das Foto einer knapp Zwanzigjährigen, die auf einem gewaltigen, asiatisch bezogenen Bett kniete und ihm ihr Paradies entgegenstreckte. Ihren ultrakurzen, schwarzen Minirock hatte sie über die Taille geschlagen und den Kopf in die Kamera gedreht, um den Betrachter kokett anzulächeln. Ihr Gesicht sah zwar gewöhnlich aus, doch zwei Grübchen verliehen ihm eine besondere Note. Hingerissen von ihrer erotischen Ausstrahlung schluckte Niklas und hatte Mühe, sich auf seine Mission zu konzentrieren. Zwischen den apfelgroßen Brüsten des Mädchens mit den roten Dreadlocks entdeckte er schließlich ein Icon mit dem schlichten Namen *Adressbuch*.

Schnell fand Niklas die Nummer von Familie Menzel aus Koblenz. Er wusste, dass Menzels Vater als Insolvenzverwalter Millionen scheffelte - er war vor ungefähr einem Jahr Patient seiner Mutter gewesen, die daher die familiären Verhältnisse kannte. Frau Menzel hatte bereits zwei Selbstmordversuche hinter sich, erinnerte sich Niklas an einen Bericht. Er knetete seine Hände, trank ein weiteres Glas Wasser und wählte die Nummer in Rheinland-Pfalz.

Langes Freizeichen. Dann ging Menzels Mutter ans Telefon. Ihre Stimme klang gepresst und zögerlich, und ohne sie zu kennen, stellte sich Niklas ihren leidenden, starren Gesichtsausdruck mit tiefen Runzeln auf der Stirn vor.

„Mein Name ist Niklas Röder aus Berlin. Ihr Sohn gibt mir Nachhilfe in Mathe. Frau Röder, ich muss Ihnen eine sehr schlechte Nachricht überbringen. Ihr Sohn hatte heute Nachmittag eine gefährliche akute Psychose und musste leider in eine Klinik eingeliefert werden. Er befindet sich aber in guten Händen und liegt jetzt im …"

„Moment", unterbrach Frau Menzel ihn leise. Es folgte ein quälend langes Rauschen, dann ein tiefer Seufzer, der auch ein Schluchzer hätte sein können. „Mein Mann und ich haben vor einiger Zeit bewusst jeden Kontakt zu unserem Sohn abgebrochen." Wieder Stille. „Wir haben ihm verdeutlicht, dass wir jeden Schritt in Richtung Therapie unterstützen, während wir den Kontakt komplett abbrechen, solange er Drogen nimmt. Er hat sich für Letzteres entschieden."

„Aber er ist krank!", entgegnete Niklas.

„Wir haben alles versucht, junger Mann. Wir haben ein jahrelanges Martyrium hinter uns und sind am Ende. Tobias kennt keine Schuldgefühle und hat kein normales Verantwortungsbewusstsein. Wir überweisen ihm Geld und der Rest liegt in Gottes Hand."

Klick. Sie hatte aufgelegt. Die letzten Worte hatte sie mit erstaunlich fester Stimme gesprochen.

Ratlos sann Niklas darüber nach, was vorgefallen sein mochte, damit diese Leute sich so vollkommen von ihrem Sohn abgewandt hatten. Die Vorstellung von Menzel und Drogen passte für ihn einfach nicht zusammen. Die Dinge entwickeln sich halt nie so, wie man es erwartet, dachte er.

Er stand auf, ging in die Küche und durchsuchte die Schränke, um die Pflege der Ratten vorzubereiten. Dort fanden sich weder Bodenstreu noch Trockenfutter, sodass Niklas improvisieren musste. Er entfernte den Beleuchtungskasten und angelte die Steingutnäpfe aus dem Käfig, in dem Futterreste und Köttelchen wild verstreut lagen. Ein übler Geruch stach ihm entgegen. Er hoffte auf Freunde oder Verwandte Menzels, die sich um eine baldige Grundreinigung kümmern würden. Für den Moment nahm er zwei Äpfel sowie eine rote Paprika aus dem Kühlschrank und schnipselte sie in einen der Näpfe. In den anderen füllte er frisches Wasser, platzierte beides sorgsam im Käfig und verschloss ihn wieder.

Als nächstes stand an, eine Tasche mit Kleidung und Utensilien für Menzel zu packen, die er ihm morgen in die Klinik bringen konnte. Bisher hatte es für Niklas nie eine Veranlassung gegeben, das Reich hinter der Schlafzimmertür zu betreten. Umso heftiger traf ihn der Schock, als er ein Zimmer betrat, dessen Interieur sich eher mit seiner Vorstellung eines Bordells verband als mit dem Schlafplatz eines einundzwanzigjährigen Physikstudenten, der eine Wissenschaftskarriere anstrebte. Der Raum beherbergte ein gewaltiges rundes Bett, umrahmt von goldenen Säulen und Spiegeln sowie ein kleines Sofa an einem

Kamin. Das exotische Flair wurde vervollständigt von ein paar asiatischen Nachttischlampen und einer mit chinesischen Ornamenten bestickten Decke über der Liege, die Niklas in Sekundenbruchteilen wiedererkannte. Er brauchte nicht erst auf Menzels Laptop nachzusehen, um sie als die Kulisse auf dem Desktopbild wiederzuerkennen. Die Kinnlade klappte ihm herunter. Mit geweiteten Augen stellte er sich das Dreadlock-Mädchen auf eben genau jener Decke vor. Menzel hatte sie hier fotografiert.

Ohne Hoffnung, seine Emotionen unter Kontrolle zu bekommen, öffnete er den Kleiderschrank und bestückte kopfschüttelnd eine Reisetasche aus Leder. Er warf zwei Anzüge, Krawatten, Hemden und Schlafanzüge hinein. Von den zahlreichen Hipster Pants, Stringtangas und Stringliftern nahm er wohlmeinend an, dass Menzel sie in der Psychiatrie so dringend benötigen würde wie eine Fellmütze. Das Gleiche galt für die Berge von Kondomen und erotischen Spielzeugs, die sich in den Schubladen türmten.

Gerädert von dem Erlebten, zog Niklas den Reißverschluss der Tasche zu und hängte sie sich über die Schulter. Das Klingeln seines Handys riss ihn aus seinen Gedanken. Im Display erschien der Name „Mum". Er rollte mit den Augen, ließ sich auf die Chinadecke fallen und schlug die Beine übereinander. Mindestens dreimal täglich degradierte seine Mutter ihn zum Kleinkind, als hätte das Telefon die Nabelschnur ersetzt. Kontrollzwang, Rapporte über seinen exakten Aufenthaltsort und mehr gute Ratschläge als irgendein Rat der Weisen. Dazu versuchte sie ununterbrochen, ihm die Vorzüge eines Medizinstudiums ins Hirn zu hämmern, obwohl sie wusste, dass er das strikt ablehnte.

„Du hattest mich während deiner Nachhilfe angerufen", eröffnete sie das Telefonat, „gibt es was Besonderes?"

„Allerdings – ich hätte dringend deine Hilfe gebraucht!"

„Meine Hilfe?", vergewisserte sie sich. „Du klingst so vorwurfsvoll … richtig sauer. Was ist denn los, Niklas?"

Ihm entwich ein sarkastischer Lacher, und er musste sich den Kragen lüften, weil ihm brennende Hitze ins Gesicht stieg.

„Ja, Mama, verdammt – ich bin stocksauer!", schrie er. „Ich bin immer noch in der Wohnung dieses Scheißirren!"

In wenigen knappen Sätzen schilderte er die Ereignisse der letzten Stunde, nur die Entdeckungen im Schlafzimmer ließ er unerwähnt. Dabei setzte er sich auf der Seidendecke zurecht, die einen dezenten Duft nach Parfüm verströmte, irgendetwas mit Veilchen und Moschus. Der Geruch lenkte ihn ab und machte es ihm schwer, passende Worte für das zu finden, was er ihr vorwarf: dass sie und sein Vater ihre Kinder für ihre Karrieren alleingelassen hatten. Dieses Totschlagargument wandte er sonst nur an, wenn sie ihn mit ihren Ansichten zu sehr terrorisierte. „Du bist nie da", schloss er, „nie zu erreichen! Nicht mal, wenn mich ein Psychopath erwürgen will!"

„Niklas!", rief seine Mutter und begann zu schluchzen. „Das ist so ungerecht! Ich war gerade mitten in einem Vortrag!"

„Dafür musstest du diesen Scheiß hier ja auch nicht mitmachen und dich in einem Bad verschanzen!"

Erst nach einigen Schluchzern, gefolgt von beleidigtem Schweigen und weiteren Vorwürfen, bekamen Mutter und Sohn sich mühsam wieder ein. Derweil massierte Niklas den Riemen von Menzels Tasche.

„Tut mir leid, wie das gelaufen ist."

„Schon okay."

„Hauptsache, dir geht es gut?"

„Ja."

„Wir müssen jetzt wohl erstmal Menzels Eltern verständigen", versuchte Niklas' Mutter, konstruktiv zu werden.

„Danke für den Tipp, Mama, aber ich bin keine zehn mehr. Das habe ich schon längst getan. Aber die feinen Herrschaften aus Koblenz haben sich leider von ihrem Ninja-Sohn komplett losgesagt. Offenbar ist der Typ drogenabhängig."

„Was? Menzel? Im Ernst?"

„Hörte sich so an. Grundgütiger – davon habe ich nie was mitgekriegt."

Nach einem nervösen Schnaufen sagte sein Mutter: „Nach allem, was ich gehört habe, wundert mich das nicht. Er leidet offenbar unter einer narzisstischen Persönlichkeitsstörung. Solche Menschen neigen oft zur Sucht."

„Ach, du dickes Ei. Und was soll ich jetzt bitteschön machen?"

„Am besten, du schaltest erstmal überall das Licht aus, suchst dir den Wohnungsschlüssel und schließt ab. Ich rufe die Menzels nachher noch mal an und melde mich dann wieder."

„Ja, Mama, okay, Licht ausschalten", sagte Niklas mit beißender Ironie. „Ich meinte eigentlich meine Mathenachhilfe! Wie lange dauert überhaupt so eine beschissene Psychose?"

Frau Röder räusperte sich umständlich und sagte: „Zu lange für dich."

Die Information erzeugte in Niklas' Darm ein Gefühl sich ausbreitenden ätzenden Schaums, der ihm die Galle in den Hals trieb. Auch seine Schultern verkrampften sich.

„Wir finden eine Lösung", ermutigte ihn seine Mutter, „jemanden mit Kompetenz."

Das Schlüsselbrett neben der Wohnungstür zeichnete die Umrisse einer nackten Frau nach, an deren linker Brustwarze der Wohnungsschlüssel hing. Niklas schnappte sich den Schlüsselbund, zog sich seine dunkelblaue Napapijri-Jacke über Sweatshirt und Jeans, verriegelte die Tür und ging. Auf der Treppe rannte er fast einen Mann im Businessoutfit über den Haufen, bevor er ins Freie stürzte.

Nur noch ein schmaler Rest Tageslicht sickerte durch die Novemberwolken. Die Luft war erfüllt von kaltem Nieselregen, dessen Frische Niklas genoss. Er freute sich auf sein Zuhause.

# 2

Der Regen hinterließ Schlieren auf Niklas' Wangen, als er mit dem Fahrrad von Mitte nach Pankow fuhr. Unterwegs rief noch einmal seine Mutter an, um konsterniert zu bestätigen, dass Menzels Eltern tatsächlich nicht zu bekehren seien. Sie hatten jeglichen Kontakt zu ihrem Sohn abgebrochen. Darüber hinaus schien es niemanden in Berlin zu geben, der irgendetwas für Tobias Menzel tun konnte.

Je näher Niklas der Wohnung am Park kam, desto mehr zog ihm die abendliche Kälte in die Knochen. Er vergrub die Hände abwechselnd in den Hosentaschen und dachte an die burmesische Fischsuppe, die seine Schwester Anni kochen wollte. Seit einem halben Jahr lebten beide jetzt in einer kleinen verschworenen Gemeinschaft. Nur die Wochenenden verbrachten sie zusammen mit ihren Eltern als Familie.

Noch vor einem Jahr hatten heftige Konflikte die geschwisterliche Beziehung überschattet. Anni segelte mit glänzenden Zensuren durch das Gymnasium, während Niklas' Leistungen mit Beginn der Pubertät ins Bodenlose gestürzt waren. Der Vergleich der beiden durch die Eltern bot immer neue Zündfunken für explodierende Spannungen. Irgendwann jedoch akzeptierte Niklas den ehrgeizigen Wunsch Annis, Musik zu studieren, und auch Anni brachte mehr Verständnis für den anderthalb Jahre jüngeren, sensiblen und etwas schwermütigen Bruder auf. Obwohl beide die Angewohnheit hatten, sich manchmal zurückzuziehen und kaum ein Wort miteinander zu wechseln, rauften sie sich nicht zuletzt durch die gestiegene Verantwortung immer wieder zusammen. Mittlerweile respektierten und schätzten sie sich und gerieten nur noch sporadisch aneinander.

Niklas hoffte, dass Annis Freund, ein Musikstudent im dritten

Semester, nicht zu Hause sein würde. Er fühlte sich dafür zu niedergeschlagen. Ihm stand der Sinn nach einer Umarmung und nach Suppe, nicht nach jemandem, den er als Eindringling empfand. Doch das Schicksal ließ seine Hoffnung zu Staub zerbröseln: Fabian, ein athletischer Typ mit gepflegten, langen, blonden Haaren, schob die Tür auf, um ihn freundlich zu empfangen.

„Hi", begrüßte Niklas ihn unwillig und bekämpfte den Impuls, gleich wieder umzukehren.

„Ist es Niklas?", rief Anni aus dem Bad.

„Ja, es ist das Mathegenie", sagte Fabian und grinste.

„Sehr witzig."

Mit versteinerter Miene schob Niklas ihn beiseite, stampfte in sein Zimmer und warf Menzels und seine eigene Tasche auf den Boden. Der Duft der heißen Suppe milderte seinen Ärger. Als er sich umwandte, stand Anni im hellgrünen Bademantel direkt vor ihm, ihre langen, schwarzen Haare noch triefend, ihr Körper frisch duftend.

„Alles okay?", fragte sie, als sie in sein aufgewühltes Gesicht blickte.

„Nicht wirklich … erzähle ich dir gleich."

Sie machte einen Schritt auf ihn zu und beide drückten sich in einer festen Umarmung aneinander, ein Begrüßungsritual, das sie seit einiger Zeit zelebrierten. Zwar kämpfte Niklas im ersten Augenblick der Berührung mit Tränen, aber der innige Körperkontakt sorgte für genügend Trost, sodass er nicht losheulte. Nur eine kleine Welle der Erschütterung ließ ihn kurz erbeben.

Die burmesische Fischsuppe mit Reisnudeln schmeckte köstlich. Mit zitternder Stimme berichtete Niklas von den dramatischen Erlebnissen am Nachmittag. Anni hörte verständnisvoll zu.

„Kennst du eigentlich den Georg aus meiner Klasse?", fragte

sie am Ende des Berichts und zwirbelte sich ihre nasse Mähne.

Niklas schüttelte den Kopf.

„Der ist das totale Mathegenie! Der könnte selbst einer dementen Oma noch Vektorrechnung beibringen. Und supernett. Der will sich unbedingt ein Taschengeld dazuverdienen. Das wäre doch ein guter Ersatz für Menzel, meinst du nicht?"

„Ja, klingt toll", sagte Niklas und schöpfte Hoffnung. „Wenn Mama nichts dagegen hat."

„Ach, die hätte besser Menzel mal zum Psychocheck in die Klapse schicken sollen!"

In Annis Zimmer verhallten die letzten schiefen Akkorde, die Fabian auf dem Klavier produzierte. Niklas spürte, wie die Missklänge in seinen Zähnen ein Ziehen verursachten. Er liebte Annis Klavierspiel und war der Meinung, dass ihr Freund im Gegensatz dazu gewiss ein Virtuose am Computer werden würde, jedoch nie auf einem Instrument. Warum er seinen Ehrgeiz ausgerechnet auf ein Musikstudium verschwendete, erschloss sich ihm nicht.

Im weit geöffneten roten Bademantel erschien Fabian in der Küche und trug wieder ein breites Grinsen im Gesicht. Er war eine richtige Frohnatur, obwohl er Medikamente gegen Depressionen einnahm. Dabei hatte Niklas noch Glück, dass er nicht wie an manchen Tagen nackt mit einer Riesenlatte in der Wohnung herumspazierte. Dieses fehlende Schamgefühl trieb Niklas immer wieder zur Weißglut.

„Kommst du, Anni?", fragte Fabian direkt.

„Gleich, Schatz!"

„Der Kleine kann sicher seine Suppe alleine zu Ende löffeln."

Niklas blieb der Löffel kurz vor dem Mund stehen. Unter dem Tisch ballte er die Faust.

„Noch einen Moment … geh schon mal vor", sagte Anni genervt.

Dann wandte sie sich wieder Niklas zu, verschränkte die Arme und sah ihren Bruder mit verkrampftem Kinn an. Der verfolgte Fabian beim Hinausgehen mit aggressiven Blicken, in Gedanken bereit, ihm ein paar Knochen zu brechen. Er hielt ihn für Annis „Bed Boyfriend“, einen auf ihr Talent neidischen obendrein, den sie nicht einmal liebte. Er glaubte, die Beziehung sei nur Ersatz für ihre zerstörte erste große Liebe. Einmal hatten sie sich darüber gestritten, bis der Disput fast in einer Prügelei geendet war. Sie vertrat die Ansicht, dass Niklas ihre Beziehungen herzlich wenig angingen und sie am besten wisse, was für ihr Leben richtig sei. Um einander nicht weiter zu verletzen, mieden sie seither dieses Thema und befehdeten sich nur mit Blicken und Gesten. Als Niklas ihre versteinerte Miene bemerkte, senkte er den Kopf und sah auf den Teller.

„War lecker“, sagte er leise.

Anni sprang vom Stuhl auf und schob ihn mit dem Fuß unter den Tisch, was ein quietschend-schnarrendes Geräusch erzeugte. Resigniert sah Niklas zu, wie sie ihren gertenschlanken Körper wegdrehte und aus der Küche rauschte. Demonstrativ knallte sie die Zimmertür zu, wo Fabian bereits auf sie wartete.

Plötzlich empfand Niklas seinen Körper als zu eng für seine Wut. Es brodelte so in ihm, als würde er im nächsten Moment platzen. Mit abgehackten Handgriffen räumte er übertrieben laut die Küche auf und versuchte, die Hitze in seinem Kopf zu kühlen, indem er sich kaltes Wasser ins Gesicht klatschte. Er hasste Fabian dafür, ohne jede Distanz in seine Festung einzudringen.

Wegen seiner Introvertiertheit sprach Niklas kaum mit anderen Menschen. Nur sein Freund Fynn und seine Freundin Lydia bildeten eine Ausnahme. Sein Zuhause war der einzige Ort, an dem er sich entspannen und zurückziehen konnte, ohne sich über die Probleme der Welt den Kopf zu zermartern. Aber wenn Fabian auftauchte, störte er nicht nur die Harmonie mit Anni, sondern Niklas wagte es dann kaum mehr, Gitarre zu spielen oder sein Zimmer öfter als nötig zu verlassen. Fabian hatte den einzigen Ort zerstört, an dem Niklas er selbst sein konnte.

Nach der Küchenarbeit schlich er zu Annis Tür. Er kannte jedes Detail ihres chaotischen Reichs, wo sich Partituren, Bücher und Klamotten auf dem Boden verteilten. Von innen drang ein Nocturne von Chopin an sein Ohr. Sie spielte vollendet poetisch. Niklas blieb stehen und musste an eine Szene denken, die sich in sein Gedächtnis gebrannt hatte. Damals hatte die Tür einen Spalt weit offen gestanden und durch ihn hatte er einen Blick auf ihre intime Welt erhascht: Anni kniete in einer alles erlaubenden Stellung auf dem Bettrand, krallte sich im Laken fest und keuchte, während Fabian von hinten in sie eindrang. Im Halbdunkel kamen seine kräftigen Schultern, der muskulöse Brustkorb, die schmalen Hüften und die wohlgeformten Beine besonders gut zur Geltung. Niklas konnte gar nicht anders, als diesen Männerkörper zu bestaunen. Noch mehr aber bewunderte er die weiblichen Formen seiner Schwester, die den Hintern nach oben reckte, um sich den Händen ihres Liebhabers preiszugeben. Ihre festen Brüste wogten im Rhythmus des Akts. Die schlanken Schenkel und die bezaubernde Rückenlinie vollendeten den erregenden Anblick, der ihm das Herz bis zum Hals schlagen ließ.

Die Erotik hatte allerdings mehr von der Mechanik eines Pornofilms als vom zärtlichen Spiel zweier Liebender gehabt. Ihr wohnte einzig der Gedanke inne, Begierde zu gehorchen und Verlangen zu stillen. Als der Taumel an Heftigkeit zunahm, die Bewegungen immer wilder wurden und sich die Laute zu einem Crescendo steigerten, überwältigte Niklas sein eigenes Verlangen.

Und als das Paar schließlich erschöpft auf das Bett sank, war er ebenfalls gekommen und hatte sich danach leise davongeschlichen.

Frustriert stahl Niklas sich in sein Zimmer. Der Tag schien verloren; er war zu nichts Produktivem gekommen. Das musste er aber seiner Überzeugung nach, um seine Ziele zu erreichen. Also öffnete er die Schultasche, zog Bücher und Hefter heraus und legte alles auf den Schreibtisch.

Zuerst aber rief er Lydia an. Er vermisste ihre Stimme und ihre Zärtlichkeiten. Wenn sie ihn berührte, schuf das sofort Vertrauen und Nähe – eine Nähe freilich, die bei jeder der viel zu häufigen Trennungsphasen schnell wieder verloren ging. Niklas hoffte, dass sie von ihrer Mutter eine der raren Genehmigungen erhalten würde, wenigstens den Rest des Abends bei ihm zu verbringen. Ganze Nächte waren strikt verboten.

„Weller", meldete sich Lydias Mutter in einem düsteren Ton, der vor Niklas' geistigem Auge sofort das Bild ihres unzufriedenen, desillusionierten Gesichts hervorrief. Er kannte keinen anderen Menschen, der fähig war, nur durch ein Wort am Telefon so abstoßend zu wirken.

„Guten Abend, Frau Weller", begrüßte er sie freundlich, „dürfte ich Lydia sprechen?"

„Moment." Vermutlich legte sie erst ihre Zigarette in den überfüllten Aschenbecher und rappelte sich vom Fernseher hoch. Es dauerte eine Ewigkeit, bis sie nach einigem Rumoren und schlurfenden Schritten das Telefon an Lydia übergab.

„Halli, mein Niki-Schatz", begrüßte sie ihn überschwänglich, „alles klar?"

Zum dritten Mal erzählte Niklas die Geschichte des Tages, schmückte sie ein bisschen aus, berichtete, wie er mit Coolness Menzels Einweisung in die Psychiatrie geregelt hatte.

„Und was wird jetzt aus deinen Mathesessions?"

„Georg aus der Zwölften kann das übernehmen, der geht in Annis Klasse", sagte er so beiläufig wie möglich. Dabei presste er den Hörer so fest an sein Ohr, dass ihm der Arm schmerzte. „Sag mal, Süße, kannst du heute noch vorbeikommen?" Lydia wohnte auf der anderen Seite des Parks, nur zehn Minuten entfernt.

„Ach, Schatzi, ich darf nicht", sagte Lydia. „Meine Mutter ist so angespannt und mies drauf, dass ich schon gar nicht mehr nach Hause gehen will, zu diesem gottverdammten Monster."

„Echt?" Immer wieder aufs Neue erschütterte Niklas Lydias Hass auf ihre Eltern.

„Seit der Weller sie verlassen hat, ist das Leben mit ihr zur Hölle geworden. Dauernd erzählt sie so furchtbares Zeug, dass sie von einem Funkmast oder Haus springen will. Ich muss mir dann immer vorstellen, wie ich daneben stehe und mit ansehe, wie sie auf den Boden aufschlägt. Wie soll man überhaupt mit einem Menschen vernünftig reden, der den halben Tag im Bett liegt und irgendwelche Dokusoaps glotzt? Den Ton stellt sie nur leise, wenn sie mir Aufträge zum Einkaufen oder so gibt. Es gibt kein noch so kleines, beschissenes Detail meines Lebens, das sie nicht mit ihren Krallen durchpflügen würde. Wirklich, Nik, ich hasse sie inzwischen abgrundtief!"

Niklas blickte aus dem Fenster. Im Park leuchteten die Laternen unter einem sternenlosen Himmel und die kahlen Bäume warfen lange Schatten. Er versuchte, Frau Wellers Situation zu verstehen – sie hatte bereits die zweite Trennung zu bewältigen.

„Tut mir so leid, dass du dich nicht mit deiner Mutter verstehst."

„Aber morgen hat die Alte Nachtdienst, da können wir Party bei dir feiern!"

„Yeah, cool – ich liebe dich!“ Niklas sprang auf, tanzte mit leuchtenden Augen durch das Zimmer und ballte vor Freude die Faust. Die Aussicht auf ein heißes Date mit Lydia jagte ihm Schauer durch den Körper.

„Ich dich auch!“, bestätigte sie aufgekratzt, seufzte und fragte nach einer Pause: „Du, Niki-Schatz, kannst du vielleicht ein bisschen Gras für morgen besorgen? Ich muss unbedingt runterkommen.“

„Kein Thema.“

Da Niklas Cannabis nicht vertrug, hielt er sich lieber an Alkohol. Lydia kiffte regelmäßig. Sie schätzte das Kribbeln und das warme Wohlbefinden, das sich wie eine Welle in ihr ausbreitete. Weil sie unter Schlafstörungen litt, benutzte sie Gras zudem als Gutenachtjoint. Niklas mochte es, wenn sich seine Freundin zudröhnte. Beim Kiffen veränderten sich ihre Wahrnehmung und ihr Gedächtnis. Sie belastete sich nicht mehr mit Sorgen um die Zukunft, vergaß den Alltag und die Vergangenheit. Sie war einfach nur glücklich, mit ihm zusammen zu sein, und verhielt sich unverkrampfter - auch sexuell. So ging das seit einem Jahr.

Nachdem er die Hausaufgaben erledigt hatte, surrten Gedanken an den morgigen Tag wie eingesperrte Wespen durch Niklas' Schädel. Welches Futter brauchten Menzels dämliche Ratten? Was sollte mit dem Wohnungsschlüssel geschehen? Er beschloss, Menzel in der Klinik zu besuchen und die lästige Verantwortung abzuwimmeln. War das sein Ding? Mit roten Augen blinzelte er ins Licht der Schreibtischlampe. Niklas hatte es jetzt auch nötig, runterzukommen.

Auf Zehenspitzen schlich er zum Wohnzimmer, und nicht zum ersten Mal dachte er darüber nach, dass er die Einrichtung für zu spießig hielt: polierte Schrankwand, mokkafarbene Eckcouch, weiße Tapete – das Werk seines zwanghaften Vaters. Aus der Bar stibitzte er einen Humpen Cognac, richtig guten französischen Gourmetstoff der Marke Lefoulon.

An seiner Beute nippend, kehrte er zurück in sein Zimmer, legte sich nackt ins Bett und lauschte durch die dünne Rigipswand auf die Geräusche von nebenan. Heftiges Verlangen peinigte ihn. Auch wenn er wusste, dass er sich später schuldig fühlen würde, ließ er im Rhythmus des Stöhnens seiner Schwester seiner Fantasie freien Lauf. Idealisierte Brüste umschmeichelten seine Wangen. Inbrünstig stellte er sich weiblichen Duft vor und betrat den heißen, feuchten Pfad der Lust. Niklas wusste inzwischen genau, wann Annis Konvulsionen in ein letztes großes Erschauern mündeten. Während ihrer Schreie befriedigte er seine eigene Begierde.

Doch weder der ausgiebige Orgasmus noch der Cognac führten einen entspannten Schlaf herbei, denn allzu sehr quälte ihn das Problem, wie er ein belastbares mathematisches Fundament für sein Architekturstudium errichten sollte. Er brauchte so schnell wie möglich eine Alternative für seine Nachhilfe, um in Mathe nicht wieder in Richtung Vier zu schlittern. Vielleicht war ja Georg aus Annis Klasse die Lösung?

Da er sich ohnehin nur unruhig herumwälzte, checkte Niklas seine Nachrichten auf dem Handy. In der Euphorie nach einem Schüleraustausch im Frühjahr in Südfrankreich hatte seine Klasse eine Gruppe gegründet, um Kontakt zu halten, neu entstandene Freundschaften zu pflegen und ein weiteres Treffen zu organisieren. So sehr er sich auch bemühte, die Gruppe am Leben zu erhalten – die gemeinsam gefassten Vorhaben versiegten bald im Sande. Seit Wochen gab es keine Reaktionen mehr auf seine Postings. Niklas aber war festentschlossen, die elfte Klasse in Aix-en-Provence zu absolvieren – koste es, was es wolle, notfalls auch allein.

Sehnsüchtig dachte er zurück an die faszinierende Zeit in der Provence. Am meisten beeindruckt hatte ihn das Zusammengehörigkeitsgefühl mit den Austauschschülern. Schon das herzliche Begrüßungsritual war eine Offenbarung gewesen. Noch immer glaubte er, den feuchten Kuss auf der Haut zu spüren, den ein hübsches Mädchen namens Sylvie ihm unvermittelt auf die Wange gedrückt hatte. Die Offenheit, Herzlichkeit und Gastfreundlichkeit der Südfranzosen hatten ihn tief beeindruckt. Da seine Gastfamilie Rousseau immer erst abends nach Hause gekommen war, hatte das Familienleben vor allem beim gemeinsamen Abendessen stattgefunden, wo man sich über Neuigkeiten und Erlebnisse des Tages austauschte – stets bei einem leckeren Drei-Gänge-Menü. Und an den Wochenenden unternahm die Familie Ausflüge in die Umgebung oder zum nahen Meer. Niklas liebte diese Menschen, und bei Gavin, seinem Gastbruder und Freund, hatte er sich vom ersten Tag an wie zu Hause gefühlt.

Neugierig hatten die Schüler Aix-en-Provence durchstreift, eine typische Studentenstadt mit schönen alten Gebäuden, engen Gassen, netten Cafés, Restaurants und vielen Shops. Immer war etwas los. Abends hingen sie in kleinen Cliquen herum, hörten Musik, tranken und kifften, spielten Basketball und verursachten allein durch ihre Lautstärke den einen oder anderen (harmlos endenden) Polizeieinsatz. Der Abschied war allen sehr schwer gefallen; zügellos hatten die Franzosen dicke Tränen geweint und sich mit ihren neuen Freunden stundenlang umarmt.

Aix-en-Provence: Da wollte Niklas ein Jahr verbringen, obwohl seine Eltern strikt dagegen waren. Dabei wussten sie noch nicht einmal etwas von seinem geheimen Ziel: Er wollte Architektur an der École nationale supérieure d'architecture in Paris-Malaquais studieren.

Am nächsten Tag radelte Niklas nach der Schule hinüber zum Krankenhaus. Schwester Julia öffnete die gesicherte Eingangstür zur Psychiatrie. Sie begrüßte ihn mit einem Lächeln, während die Automatik hinter ihnen die Tür mit einem aufdringlichen Klick ins Schloss zog. Ein beklemmendes Gefühl von Gefangenschaft übermannte Niklas. Er blickte zurück, umklammerte den Griff von Menzels Tasche und kämpfte mit einem Engegefühl in der Brust.

Die Station bestand aus einem rechtwinkligen Gang mit Zimmern auf beiden Seiten, Küche und Aufenthaltsraum. Alles wirkte wie ein normales Krankenhaus, nur wohnlicher. Überall hingen farbenfrohe Bilder und es gab Freizeitangebote. Im Aufenthaltsraum saßen scheinbar gewöhnliche Patienten auf dem Sofa und sahen fern, andere spielten Karten oder Schach. Doch all dies täuschte nicht darüber hinweg, dass man hier an jeder Ecke unberechenbaren Menschen begegnen konnte, die sich unter gewissen Umständen aggressiv verhielten – Menzel zum Beispiel.

Schwester Julia strahlte Ruhe und Gelassenheit aus. Überhaupt schien sie mit Leib und Seele bei der Sache zu sein. Und Niklas fand sie attraktiv. Nur ihr süßes Hinterteil hielt er für eine Nummer zu groß. Einen Wimpernschlag lang musste er den Impuls unterdrücken, seine flache Hand auf ihren Po zu klatschen – einfach so, zur Entlastung. Manchmal hatte er solche Impulse. Stattdessen tänzelte er für zwei, drei Schritte witzig über den Gang und brachte sie damit zum Lachen.

Im Schwesternzimmer erledigte Julia die Anmeldeformalitäten, nahm Menzels Akte vom Kurvenwagen und fragte etwas bei einem älteren Kollegen nach, der weiter hinten im Aufenthaltsraum Pillen in kleine Becher sortierte. Vor ihm standen Kaffee und Kuchen. Durch die Scheibe des Kabäuschens verfolgte

Niklas das Geschehen und kämpfte mit einer trockenen Kehle. Die Schwester kehrte zurück auf den Gang.

„Zimmer sieben." Sie lächelte noch sympathischer als zuvor.

„Moment. Hätten Sie vielleicht vorher noch ein Glas Wasser für mich?"

Eine Hundertachtziggraddrehung, ein paar Handgriffe, und schon stand sie mit einem Glas Selters wieder vor ihm. Dankbar stürzte Niklas das prickelnde Nass hinunter und unterdrückte hinter vorgehaltener Hand einen Rülpser. Auf dem Flur tänzelte er erneut und wippte beim Laufen übertrieben mit dem Kopf, sodass die Schwester in schallendes Gelächter ausbrach.

„Mein Gott, du bist ja einer …" Sie bekam sich gar nicht mehr ein und Niklas fühlte sich durch ihr offenes Lachen erleichtert.

„Was genau hat Herr Menzel eigentlich?", wollte er wissen und wurde plötzlich ernst. „Kann ich nachher mit einem Arzt darüber sprechen?"

„In welcher Beziehung stehst du zu Herrn Menzel? Bist du mit ihm verwandt?"

Niklas schüttelte den Kopf. „Er ist nur mein Lehrer, aber …"

„Dann dürfen wir dir leider keine Auskünfte erteilen", sagte Schwester Julia freundlich und bestimmt. „Aber du brauchst dir keine Sorgen zu machen, wenn du da reingehst. Er ist medikamentös fürs Erste ganz gut eingestellt und handzahm. Und wenn es trotzdem Ärger gibt, drückst du einfach die rote Klingel und wir sind in zwei Sekunden bei dir. Okay?"

„Okay."

„Das Handy hast du ausgeschaltet?"

„Warum?"

„Keine Fotos, keine Störungen der anderen Patienten! Okay?"

„Okay."

Also knipste Niklas sein Handy aus. Genau wie knapp vierundzwanzig Stunden zuvor überfiel ihn ein schmerzhafter Darmkrampf. Seine Finger, die die Klinke schon umgriffen hatten, verkrampften sich und er war drauf und dran, wieder umzukehren. Doch um vor Schwester Julia und den Patienten auf dem Gang nicht als Weichei dazustehen, überwand er sich und betrat den Raum.

Ein widerwärtiger Geruch nach Desinfektionsmitteln, Arzneien und Urin schlug ihm entgegen. Menzel saß mit hochgestelltem Kopfteil im Bett. Seine glasigen Augen flogen über Papiere, die das Logo des Krankenhauses trugen. Die sonst so sorgfältig frisierten Löckchen waren eingefallen und fettig. Sein Gesicht hatte die Schärfe verloren. Auf den ersten Blick sah er aus wie ein riesiges betäubtes Hundebaby. Niklas kippte das Fenster an, nahm sich einen Stuhl und setzte sich mit etwas mehr als einer Armlänge Sicherheitsabstand zu ihm hin, den roten Alarmknopf in Griffweite. Neben Menzel lag ein weiterer Patient; ungepflegte graue Strähnen klebten über seiner Stirn, dazu Stoppelbart und roter Hautausschlag um die Nase – ein Wrack, so Niklas' Eindruck, und sicher eine Hauptquelle der üblen Gerüche.

„Hallo, Herr Menzel", begrüßte er seinen Lehrer.

Mit einer müden Bewegung drehte Menzel sich zu ihm. „Hi, Genius. Ich hoffe, das steht jetzt nicht zwischen uns?"

„Hauptsache, es geht Ihnen besser."

„Die Kapuzenmänner sind immer noch vor dem Fenster", erklärte Menzel und wandte den Blick tranceartig nach draußen. „Aber ich habe Pläne, Mann … Pläne, verstehst du?"

Niklas nickte rasch, um den Patienten, der offensichtlich noch in einer fragilen Zwischenwelt verharrte, nicht zu verärgern.

„Ich werde dieses Pack ausmisten, denn sie sind ein Haufen Dreck, mehr nicht. Kapierst du? Berlin ist voll von diesem

Dreck, Rattenmördern, egal wer Polizeichef ist. Kein Wunder, dass ich krank geworden bin. Vernichtungsfeuer, Mann, verstehst du …"

Die nächsten Minuten faselte Menzel über radikale gesellschaftliche Veränderungen und anderes zusammenhangloses Zeug. Am Ende fragte er scheinbar klar: „Und, Niklas, wie war Mathe heute? Was hast du für Pläne?"

Aus der Innentasche seiner Jacke zog Niklas das Schlüsselbund. „Die wollte ich Ihnen zurückbringen. Ich habe die Ratten gestern noch mit Frischwasser und Gemüse versorgt, alles abgeschlossen und …"

Menzel sah ihn stechend an, verschränkte die Arme und sagte laut: „Mein Leben ist ein Chaos! Was glaubst du, was ich mit solchen Nebensächlichkeiten hier in meinem Nachttisch anfangen soll?"

Wie am Vortag mit dem imaginären Schwert schnellte sein Arm in Richtung Fenster und verfehlte Niklas' Nasenspitze nur um wenige Zentimeter. Er zuckte zurück.

„Und nun mach endlich das beschissene Fenster zu! Der Dreck, du verdammter Narr!" Nach dieser Aufforderung klappte Menzel das Bett herunter, drehte sich zur Wand und schloss die Augen.

Im Park vor dem Fenster fegte eine Böe ein paar braune Blätter von den Bäumen. Im Zimmer herrschte Stille. Nur das Netzbrummen irgendwelcher Geräte und der Atem der Männer drangen an Niklas' Ohr. Ratlos stand er auf und schloss das Fenster. Dann stellte er Menzels Tasche in den Kleiderschrank. Dabei überlegte er, ob er den Schlüssel einfach dort lassen und verschwinden sollte. Er entschied sich dagegen, weil es den sicheren Tod der Nager bedeutet hätte. Als er darüber nachdachte, stimmte es ihn mit einem Mal traurig, dass sich niemand um

Menzel und seine kleinen Freunde scherte. Noch einmal setzte er sich an sein Bett.

„Herr Menzel?“, fragte er leise. Doch der Angesprochene war inzwischen eingeschlafen oder tat zumindest so. Niklas quetschte sich mit Daumen und Zeigefinger das Kinn und beschloss, einen Rattenfachmann in einer Zoohandlung um Rat zu fragen.

Während er ging, sah er, wie die roten Augen des anderen Patienten ihn beobachteten. Aus ihnen sprach eine merkwürdige Mischung aus Elend und Daseinsfreude.

„Wissen Sie, was er hat?“, fragte Niklas ihn unvermittelt und deutete auf Menzel. Vielleicht hatte der Mann bei der Visite ja etwas aufgeschnappt.

„Woher soll ich das wissen?“, antwortete der Gefragte heiser. „Aber umsonst ist der sicher nicht auf der Doppeldiagnosestation! Hier gibt es nämlich zum Entzug gleich die Psychosetherapie dazu. Die leimen dir hier alle Nadeln wieder an den Stamm.“

Die Ratten kauerten in einer Plastikkiste und sahen neugierig zu, wie Niklas ihren Käfig reinigte. Auf dem Parkett standen eine Dose Trockenfutter, frisches Obst und Gemüse, Reinigungsutensilien, eine Tüte Sägemehl und ein Eimer mit heißem Wasser. Über die vertrödelte Zeit fluchend, wischte der Tierpfleger wider Willen zügig über Etageneinlagen, Sitzbretter und Scheiben. Er fand die Arbeit ekelhaft. Alles stank nach Rattenurin und vergammeltem Futter.

Dank der Aussicht auf die Nacht mit Lydia konnte Niklas aber nichts die Stimmung verhageln. Außerdem fand er es reizvoll, für eine Weile die Gewalt über Menzels Wohnung zu haben. Er träumte davon, mit Lydia hier einzuziehen: weg von den Eltern, unabhängig werden. Das gäbe sicher einen hübschen Skandal! Er musste an den Spruch des Verkäufers in der Zoohandlung denken, der gemeint hatte, Ratten seien im Gegensatz zu Menschen toleranter.

Jetzt stand die Reinigung der Käfigwanne an. Der Mann im Laden hatte ihm geraten, erst den groben Inhalt herauszuschaufeln, dann das Gefäß umzudrehen und abzuklopfen und schließlich abzuduschen. Dem Rat folgend, schabte Niklas die verbrauchte Einstreu hinaus, bis der durchsichtige Boden freilag. Darunter schimmerte zu seiner Überraschung eine gebeizte hölzerne Platte, deren Funktion sich ihm nicht auf Anhieb erschloss. Genervt, möglicherweise vor einem weiteren Arbeitsschritt zu stehen, rollte Niklas mit den Augen und hob die Wanne aus dem Käfig.

Die vermeintliche Holzplatte erwies sich als flache Kiste, aufwendig aus edlen Tropenhölzern gefertigt und verziert mit indischen Blümchenmustern. Sie hatte etwa die Länge von Niklas' Unterarm und war auch ungefähr so breit. Der dünne Deckel ließ sich offenbar seitlich herausschieben. Niklas fand es unlogisch, Trockenfutter und anderes Zubehör in einem Fach unterhalb des Käfigs zu deponieren, wo kein Mensch herankam. Behutsam zog er an dem Deckel.

Als er erkannte, was dort zum Vorschein kam, begann sein Herz heftig zu klopfen. Eine kleine Ewigkeit hockte er mit offenem Mund vor seinem Fund, unfähig, das Gesehene zu begreifen. Seine Hände zitterten. Er fühlte sich, als hätte er den Jackpot geknackt oder einen verwaisten Geldkoffer gefunden.

Zuerst legte er auf der linken Seite zwei Reihen zu je fünf fetten Geldbündeln frei, alles Fünfzig- und Hundert-Euro-Noten, zusammengehalten von gewöhnlichen Schnipsgummis. Ehrfürchtig nahm Niklas ein Bündel in die Hand und blätterte es wie ein Kartenspiel über seinen rechten Daumen.

„Wow … großer Gott", flüsterte er. Wie viele zehntausend

Euro hatte Menzel wohl in dem bizarren Holzkasten gebunkert? Mit jedem weiteren Zentimeter, den er den Deckel nach rechts schob, wuchsen Fassungslosigkeit und Erstaunen. Die Hälfte der Schatztruhe enthielt neben zwei großen Plastiktüten zahllose Plastikpäckchen, auf denen handbeschriftete Etiketten den Inhalt kennzeichneten. Die Päckchen mit den klaren, klobigen Kristallen trugen den Namen *Tina*, die mit dem feinen, weißen Pulver *Jay*. Crystal Meth und Kokain, deutete Niklas die Szenenamen richtig – in Mengen, wie nur ein Dealer sie vorhalten konnte. Er nahm eine der großen Tüten in die Hand, wog sie und schätzte ihr Gewicht auf mindestens ein halbes Kilo. Die kleinen wogen je ein paar Gramm. Außerdem fand sich in der Kiste ein edles Nasenziehset aus Schlangenleder, bestehend aus einem kleinen goldenen Löffel, einem Ziehrohr, einem Spiegel und einer Rasierklinge.

Natürlich hatte er schon miterlebt, wie Dealer direkt vor seiner Nase im Park Gras und wer weiß was noch sogar an Zwölfjährige vertickt hatten. Drogen aller Arten waren in der Stadt überall verfügbar: auf Partys, am Mauerpark, am Alexanderplatz. Berlin atmete Drogen. Diese Unmenge kostenloser Tütchen aber stellte eine neue Dimension dar.

Niklas schnappte sich die Käfigwanne, trug sie zum Bad und duschte sie ab. Dabei kam ihm die Idee, das gesamte Drogenkontingent einfach die Toilette runterzuspülen und sich des Problems so zu entledigen. Das wäre wahrscheinlich sogar im Sinne des süchtigen Besitzers gewesen, der zur selben Zeit in der Klinik mühsam von seinen Leiden kuriert werden musste. Oder sollte er die Polizei alarmieren?

Bevor er den Käfig wieder zusammensetzte, nahm er sich aus einem der Geldbündel zwei Fünfzigeuroscheine – als Unkostenbeitrag für die Pflege der Tiere und als Schmerzensgeld für die gestern erlittene Todesangst. Am Ende kam er mit sich überein, dass die Kiste nicht in sein Leben gehörte und er Menzels Angelegenheiten ihren Lauf lassen sollte.

Also schob er den Deckel zu, legte die Kiste zurück an ihren Platz und positionierte die Wanne darüber. Auf einmal spukte ihm durch den Kopf, dass Lydia sich seit Ewigkeiten ein neues Smartphone wünschte. Von ihren überschuldeten Eltern hatte sie keine Unterstützung zu erwarten. Ihr fehlten noch dreihundert Euro. Aus diesem Grund demontierte er erneut den Käfig und nahm die Summe heraus. Er konnte einfach nicht anders und überlegte sich, dass jeder in seiner Situation das Gleiche getan hätte.

Beim Zusammensetzen der Behausung hatte er diesmal bereits Einstreu aufgefüllt sowie Grasnester und Korkröhren aufgehängt, ehe ihn der Dämon abermals ritt und er sein Werk noch einmal zerstörte. Wie ein Junkie riss er den Deckel der Kiste auf und stopfte sich weitere fünfhundert Euro in die Brieftasche. Für den Eigenbedarf.

Danach hielt er inne und spürte ein unangenehmes Kribbeln im Körper. Er atmete schnell, wie nach einer Stadionrunde. Um sich abzulenken, warf er den Ratten ein paar Weintrauben zu, die er aus dem Bioladen um die Ecke besorgt hatte. Er sah zu, wie sie gierig zu fressen begannen und dabei glitt seine Hand, gelenkt wie von einer unsichtbaren Macht, ein letztes Mal in die Kiste.

Zwischen seinen Fingern spielte ein Päckchen. *Tina* stand in roter Schrift darauf. Lydia hatte sich so gewünscht, an diesem Abend von ihrer häuslichen Hölle abzuschalten und mit ihm zu den Sternen zu fliegen …

## 3

Familie Weller wohnte im Hinterhaus eines heruntergekommenen Altbaus. Voller Vorfreude stieg Niklas die Treppen zum obersten Stock hinauf und pfiff ein Lied. Seiner aufgekratzten Stimmung vermochten weder der abblätternde Putz noch das Chaos vor der Wohnungstür etwas anzuhaben. Sich türmende Kisten und verstreute Schuhe erinnerten an eine Sperrmüllhalde. Mehrfach hatte Niklas angeboten, die Unordnung zu beseitigen, doch bei Frau Weller war sein Vorschlag stets auf Ablehnung gestoßen.

Er klingelte, die Tür öffnete sich und ohne ein Wort zu verlieren, presste Lydia ihn noch auf der Schwelle zu einer innigen Umarmung an sich, so fest, dass es fast schmerzte. Ihr kastanienbraunes Haar umspielte Niklas' Hals. Er streichelte über ihre Mähne und fieberte dem Moment entgegen, da ihre Lippen sich zu einem Kuss zusammenfinden würden. Und dann war es soweit. Das feuchtwarme Gefühl ihrer flinken Zunge an der seinen ließ ihn bis ins Innerste erschauern. Doch als Niklas ihr in die Augen blickte, sah er, dass Lydias Blick von Resignation getrübt war. Ihre blauen Augen, die feinen Gesichtszüge und der breite Mund, alles an ihr signalisierte Niedergeschlagenheit.

„Was ist, mein Engel?"

„Sie schafft mich einfach", erklärte sie und deutete mit einer Geste hinter sich in die Wohnung. „Aber komm doch erst mal rein."

Hand in Hand bahnten sie sich einen Weg durch herumliegende Verpackungen, schmutzige Klamotten und alte Zeitschriften hinüber zur Küche. Lydia trug eine verwaschene Jeans mit Rissen, die ihre schlanke Taille und ihre sanft gerundeten Hüften betonte, dazu ein ärmelloses weißes T-Shirt. Niklas konnte den

Blick kaum von ihren Formen wenden.

Frau Weller stand mit einer Zigarette im Mundwinkel in der vermüllten Küche und brühte sich einen Espresso. Ihr Gesicht wirkte unter dem kurz gescheitelten Haar feist und verbraucht.

„Hi“, begrüßte sie Niklas knapp. Ohne eine Erwiderung abzuwarten, ging sie auf ihre Tochter los: „Ich mach den Scheiß nicht mehr mit, Lydia! Wir diskutieren das jetzt aus, ob der hier ist oder nicht!“

„Wir diskutieren überhaupt nichts“, giftete Lydia zurück in einem aggressiven Ton, den Niklas nicht an ihr kannte. „Weil es nichts zu diskutieren gibt! Ohne Geld kein Einkauf.“

„Wenn du nicht tust, was du sollst, gibt’s zum Abendbrot eben einen kleinen Streit.“

„Als ob es bei dir je was anderes gegeben hätte!“

Lydia stemmte die Hände in die Hüften, reckte sich auf und funkelte ihre Mutter an. Niklas fürchtete, dass die beiden Frauen im nächsten Augenblick mit Krallen und Zähnen übereinander herfallen würden.

„Du bescheuerte Göre!“, schrie Frau Weller. „Ja, lass mich hier ruhig alles alleine stemmen, aber werde nur nicht noch frech, sonst …“

„Was sonst?“

Die Antwort bestand aus in die Luft hackenden Händen und einem verkrampften Kinn. Während Frau Weller sich abwandte, warf sie noch hinterher: „Als wenn dein Vater hier noch wohnen würde! Sieh doch selbst im Kühlschrank nach, was es gibt!“

Dann verschwand sie im Wohnzimmer, wo sie, wie Niklas aus Lydias Berichten wusste, bis zu ihrem Nachtdienst vor dem Fernseher sitzen würde.

Tränen liefen über Lydias Wangen. Ihre Lippen bebten, während sie resigniert den Kühlschrank öffnete: Darin befand sich nichts als ein ausgekratztes Glas Senf und ein angebrochenes Röhrchen Kapern.

„So sieht Privatinsolvenz aus, wenn ein Treuhänder das Gehalt pfändet!“

Wütend schlug sie die Kühlschranktür wieder zu und ließ sich in Niklas' Arme fallen. Minutenlang schluchzte sie stumm, überspült von einer Welle der Traurigkeit nach der anderen.

„Ist ja okay, meine Süße“, tröstete Niklas sie berührt, „heute wird alles gut.“

„Meinst du?“ Mit verheultem Gesicht sah sie ihn an. Nachdem die letzte kleine Eruption abgeebbt war, sagte sie: „Es ist alles so scheiße, Nik. Ich musste sogar schon Geld, das ich für mein Handy zusammengespart hatte, zum Supermarkt tragen, um uns was zum Essen zu kaufen. Der Weller und meine Mutter sind einfach lebensunfähig!“

In Lydias Zimmer stapelten sich Schulbücher auf dem Schreibtisch. Sie arbeitete hart in Mathematik und Physik, um sich mit einer guten Drei über Wasser zu halten. Ehrgeizig verfolgte sie ihren Studienwunsch Medizin. An den Wänden hingen zwei Ölbilder, die sie im Stil von Picasso gemalt hatte. Eines zeigte eine an der Wand hängende Geige, ein anderes eine Frau im Hemd, die in einem hohen Sessel saß. Niklas bewunderte Lydias Talent und fragte sich immer, warum sie ausgerechnet Medizin und nicht Malerei studieren wollte. Sie beantwortete die Frage stets mit dem Hinweis, dass Künstler kein Geld verdienten.

Auf ihrer Staffelei stand ein noch unfertiges abstraktes Bild.

„Was wird das?“, fragte Niklas interessiert.

„Der Kopf einer weinenden Frau. Ist einem Bild aus Picassos Guernica-Phase nachempfunden.“ Zärtlich lächelte sie ihn an und ergänzte: „Für dich.“

„Wow! Ich freue mich darauf!“

Mit leuchtenden Augen kam er zu ihr und küsste sie auf den Hals. Seine Hände streichelten ihr über den Hintern und erkundeten die zarte Haut ihres Rückens unter dem T-Shirt.

Ein paar Atemzüge lang ließ sie es geschehen, dann entwand sie sich seiner verlangenden Umarmung und sah ihn erwartungsvoll an. „Hast du an das Gras gedacht, Nik?“

Triumphierend beantwortete er ihren Blick und wies auf den kleinen Beutel in seiner Jackentasche.

„Ich hab noch was viel Besseres!“

„Was denn?“

Neugier trieb sie wie magisch zurück in seine Arme, wo sie sich sacht an ihn zu schmiegen begann und ihn, ihren warmen Körper an seinem reibend, nach dem Geheimnis abtastete.

„Sachte, sachte, Süße“, sagte er und zog ihre Finger von der Innentasche seiner Jacke weg. Er versäumte es nicht, sich bei der Gelegenheit einen Kuss zu stehlen und über ihre Schenkel zu streicheln, erst hinten auf und ab, dann mutiger auch nach innen.

„Nun sag schon, du Schuft!“

„Zeig ich dir nachher“, versprach er und genoss die vielversprechenden Berührungen. „Lass uns jetzt erst mal richtig zu Katsuku essen gehen. Dann gibt's Party.“ Der Japaner war ihr Lieblingsimbiss.

„Dazu muss erst der Drachen ausfliegen“, sagte Lydia, schürzte die Lippen und stützte das Kinn auf Niklas' Schulter. „Ich habe Stubenarrest. Wir haben uns gestern fast geprügelt.“

„Wann muss sie denn los?“

„In ein paar Minuten.“

Frau Weller arbeitete beim Ordnungsamt. Lukas, Lydias fünfjährigen Bruder, hatte sie für den Abend mal wieder zu ihrer Schwester nach Potsdam gegeben.

Niklas löste sich aus der Umarmung und fläzte sich auf einen der beiden Rattansessel. „Wie viel Geld brauchst du eigentlich noch für dein Smartphone?"

„Siebenhundert Euronen."

„Siebenhundert?", fragte er ungläubig, was sie mit einem Nicken bestätigte. „Das ist ja der verdammte Neupreis!"

„Ja, meine Vierhundert sind bei Aldi draufgegangen."

Das Ausmaß des finanziellen Desasters der Familie Weller erschütterte Niklas so, dass er sofort in die Innentasche seiner Jacke griff.

„Ich habe hier … noch eine Kleinigkeit für dich", sagte er aufgeregt und mit einer Prise Stolz in der Stimme. „Heute wird dein Glückstag, Süße." Er zog siebenhundert Euro aus seinem Portemonnaie, formte sie bedeutungsvoll zu einem Fächer und hielt ihn ihr entgegen. „Für dein Phöny."

„Um Gottes Willen, Niklas, das kann ich unmöglich annehmen", sagte sie und hielt sich die Hand vor den Mund. „Woher hast du so viel Geld?"

„Lag bei Menzel rum", erklärte er und fächelte mit den Scheinen in der Luft herum. „Der wird in der Klapse nicht mal merken, dass was fehlt."

„Ach, du Scheiße! Niki-Schatz, du hast das geklaut?" Ein Beben huschte über ihr Gesicht und auf ihren Wangen bildeten sich rote Flecken. Demonstrativ verschränkte sie die Arme vor der Brust. „Sag mal, bist du noch zu retten?"

„So würde ich das nicht sehen", verteidigte er sich. „Ist eher eine Art Unkostenbeitrag für seelische Grausamkeit. Immerhin hat der Typ mich fast erwürgt!"

Theatralisch fasste er sich an den Kragen seines Sweatshirts, verdrillte ihn und schielte, als würde er stranguliert. Lydia kicherte und entspannte sich etwas. In der Tat hielt sich Niklas' schlechtes Gewissen in dieser Angelegenheit in Grenzen. Er tippte mit dem Zeigefinger auf sein Knie. Sie kam der Aufforderung zum Sitzen auf dieser Stelle nach.

„Ist er dir wirklich an die Kehle gegangen?"

Er nickte bestätigend und kam sich dabei vor wie ein Held. Ihr Mund öffnete sich ihm für einen langen, sanften Kuss.

Doch dann zuckte sie zurück und schüttelte den Kopf. „Hör mal, ich kann das nicht annehmen. Nicht in hundert Jahren."

Er umfasste ihre Taille, wies mit dem Blick auf die Bilder und fragte: „Darf ich dir vielleicht ein Bild dafür abkaufen?"

„Ich will dir doch eins schenken. Das geht nicht."

„Ich will dir das Geld auch schenken!"

Ihr Schmollmund ließ das Argument nicht gelten.

„Und wenn ich dir das Moos borge?"

„Hör bloß auf mit borgen – ich bekomme schon Krätze bei dem Wort!"

„Scheiße … ja." Niklas fühlte sich peinlich berührt. Er wiegte sie auf den Knien hin und her, stupste mit der Nase an ihren Arm und bettelte: „Nun komm schon! Ich liebe dich doch und will es dir schenken … unbedingt!" Er drehte ein kleines Fernrohr aus den Scheinen und spähte hindurch in das linke Auge seiner Freundin, das sich langsam mit Tränen füllte.

„Damit wir uns immer Nachrichten über WhatsApp schicken können."

Zwischen Hoffnung und schlechtem Gewissen hin- und hergerissen, begann ihr Widerstand zu bröckeln. Schließlich ergriff sie das Geldbündel, umarmte ihn und küsste wild sein Haar, seine Stirn, seine Augen.

„Danke!"

Minutenlang lagen sie einander liebkosend in den Armen und lösten sich erst, als die Haustür ins Schloss krachte. Frau Weller war zum Nachtdienst aufgebrochen.

Der Mond schien durch dicke Nebelschwaden zu ihnen herunter. Die Kälte zog Lydia und Niklas durch die Glieder. Sie hielten sich an den Händen und gingen durch nächtliches Grau, das die Konturen der Stadt verschluckte. Lydia trug eine weinrote Jacke und ließ die aufgenähten Fellbommeln durch die Finger gleiten. Niklas versetzte die Aussicht auf den Rest des Abends in Erregung.

„Was hast du noch?", fragte sie kribbelig und fingerte an seiner Jacke herum.

„Erst Huhn in Teriyakisauce", versuchte er sie hinzuhalten, „dann die Überraschung."

Übermütig sog Lydia die kalte Luft ein. „Es ist so herrlich, endlich frei durchzuatmen! Dieser Mief bei meiner Alten bringt mich noch um." Unvermittelt blieb sie stehen, umarmte ihn stürmisch und bedeckte sein Gesicht mit Küssen. „Sag schon … mach schon!" Rastlos wanderte ihre Hand an seiner Hüfte entlang und landete knetend an seinem Hintern.

Zärtlich löste er sich von ihr. Das Geräusch des Reißverschlusses seiner Jacke durchschnitt die Stille. Aus der Innentasche zog er mit bedeutungsvoller Miene das Päckchen mit den Kristallen und wedelte damit vor ihrer Nase herum.

„Crystal. Eine Probe aus Menzels Schatzkästchen. Der Typ scheint ein Dealer zu sein."

„Geil!", rief sie, machte einen Hüpfer, zog die Brauen empor und betrachtete gierig das Tütchen. „Das wollte ich schon immer mal probieren!"

Niklas überließ ihr die abgepackte Ekstase, und Lydia prüfte sie zwischen ihren zarten Fingern. Entschlossen packte sie seine Oberarme und schüttelte ihn.

„Los, lass uns gleich zu dir gehen!"

„Aber ich hab Hunger. Wir wollten doch erst zu Katsuku."

„Essen kannst du morgen wieder. Heute brauchen wir kein *Essen* mehr." Sie betonte das Wort voller Sarkasmus, als hätte ihre Mutter soeben Kapern und Senf aufgetischt. Vehement zog sie ihn in Richtung seiner Wohnung. Ihre Hand umklammerte seine, zerrte an ihm, jagte ihn durch den Park.

„Willst du das wirklich probieren? Ich meine, hast du denn gar keinen Schiss? Das ist hartes Zeug!"

Angesichts ihrer Gier keimten Zweifel in Niklas auf. Und die üblichen Sprüche rumorten in ihm: von dem Teufelszeug, das schon so viele Menschen dahingerafft hatte. *Einmal genommen – nie mehr weggekommen.* Auf der anderen Seite suchte auch er selbst nach dem perfekten Gefühl, dem idealen High. Nach dem Schlüssel, mit dem sich die Tore in andere Dimensionen seines Unterbewusstseins öffnen ließen. Bislang hatte er schließlich immer alles unter Kontrolle gehabt, hatte jederzeit mit jeder Droge aufhören können. Das erwartete er auch von Lydia, die mit Cannabis besonnen umzugehen schien. Und sie kannte sich etwas mit Speed aus, nahm es sporadisch auf Partys. Vielleicht machte er sich zu viele Sorgen.

„Mal ist das schon okay, Nik … Das wird endgeil! Marlene hat's neulich auch genommen – ein Wahnsinnsflash!" Marlene ging in ihre Klasse und war ihre beste Freundin.

Die letzten Meter vor dem Ziel kam Lydia ins Rennen und schnaufte wie eine aufgeregte Stute. „Die Nacht unseres Lebens … Danach habe ich schon so lange gesucht …!"

„Aber wir müssen aufpassen, dass wir die Kontrolle nicht verlieren. Es darf uns nicht kaputtmachen."

„Ach, hör auf, du Spießer! Heut Nacht will ich richtig high werden - sonst will ich gar nicht mehr weiterleben!"

Sie kamen in die Wohnung. Anni war nicht da, sie gab ein Konzert in einem Klavier-Workshop. Lydia riss sich ihre Jacke herunter und schmiss sie auf den Boden. Ihre Schuhe, die sie ohne sich zu bücken von den Füßen streifte, flogen hinterher. Besonnen hob Niklas die Jacke auf und hängte sie an die Garderobe.

„Na los!", drängelte Lydia.

Angespannt schob er sie in sein Zimmer, in der Hand das Nasenziehset und das Päckchen mit dem Meth.

Bevor sie sich auf sein Bett setzten, legte er eine CD ein, Bitches Brew von Miles Davis. Er fand den komplexen, schwer verdaulichen Jazz irgendwie passend für den Anlass. Sofort pulsierten verwirrende, graziös-schöne Klänge aus den Boxen. Elektronische Pianos zauberten eine exotische Atmosphäre, und die Rhythmusinstrumente unterlegten alles mit einem tiefen Groove.

„Was ist denn das Schräges, Nik?"

„Miles Davis – eine Jazz-Legende. Hör zu und lass dich von deinen Gefühlen überraschen, wenn du erst mal was geladen hast!"

Auf dem Bett hockend sahen sie einander an und mussten grinsen. Niklas nahm Löffel, Spiegel und Rasierklinge aus Menzels Set und legte den letzten Hunderteuroschein daneben. Dann holte er das Tütchen hervor, nahm einen der eigenartig funkelnden Kristalle heraus und positionierte ihn auf dem Spiegel. Sorgfältig zerdrückte er ihn mit dem Löffel zu einem feinen weißen Pulver und legte mit der Rasierklinge die erste Line Crystal zurecht. Hell schimmerte sie auf dem Glas, winzig, fast lächerlich klein, doch respekteinflößend. Er rollte aus dem Hunderter ein Röhrchen und reichte Lydia das Arrangement, die es voller Neugier entgegennahm.

Ohne Zögern senkte sie den Kopf, hielt sich ein Nasenloch zu und steckte den gerollten Geldschein in das andere. Ein kurzer, konzentrierter Blick auf die Line und – Zack! Kräftig und vollständig zog sie das Pulver hinauf.

„Wow, Nik … fett … Scheiße!“, jammerte sie und hielt sich mit beiden Händen die Nase. „Mir hat jemand eine Glasscherbe in die Nase gerammt, wow, wie das brennt, Hilfe!“ Wie ein glückliches, unschuldiges Kind ließ sie sich nach hinten fallen; Tränen schossen ihr in die Augen. „Los, zieh dir auch was!“

Nun Niklas, dieselbe Prozedur. Anspannung – auch er hatte noch nie Crystal genommen. Vor dem Schniefen begann er zu zittern. Er sah sein Gesicht im Spiegel, sah seine verwirrten Augen unter der Line, die Überraschung, dass er das hier wirklich durchziehen wollte. Einen Moment lang ein letzter Kampf mit den Zweifeln, mit der Angst, dem schlechten Gewissen – dann gewannen die Neugier und das Meth. Zack!

Seine Nase brannte wie Feuer. Das mörderische Ätzen überlagerte alle anderen Gefühle. Tränen flossen. Nur langsam ließ der Schmerz in der Nase nach, lief glühend weiter in den Hals, bitter-säuerlich. Er trank eine halbe Cola. Besserung. In seinem Hinterkopf breitete sich ein Stechen aus. Während die Missempfindungen abklangen, spürte er, wie sein Herz schneller zu schlagen begann, seine schweißigen Hände zitterten und seinen Körper ein angenehmes Kribbeln durchzog.

„Der Vorhang geht auf, Nik“, sagte Lydia selig. „Alles wird so klar … und so mächtig, verdammt mächtig!“

Sie zog ihn an seinem Sweatshirt zu sich aufs Bett, krallte sich in den Stoff, erforschte spielend die Haut darunter. Ihre Lippen fanden sich, ihre Zungen schoben sich ineinander und verschlangen sich.

„Du hast recht“, sagte er, „es ist nicht einfach nur stark. Es ist mächtig."

„Ich hab dir so viel zu erzählen, so viel!"

Alles war im Rush-Modus, geradeaus und durch. Es gab kein Zurück mehr. Niklas' Körper fühlte sich genial an. Ein nie gekanntes Wohlgefühl durchflutete ihn, Schmetterlinge im Bauch. Wo es eben noch unangenehm im Hinterkopf gestochen hatte, lagen jetzt ein anregendes Vibrieren und ein Gefühl von Unbesiegbarkeit. Gedanken zuckten wie Blitze durch sein Gehirn. Die absolute Gewissheit, alles zum Guten regeln zu können.

„Ihre Depressionen kotzen mich so an, Nik! Sie verbringt den ganzen Tag vor der Glotze, und wenn ich nach Hause komme, fängt der Krieg zwischen uns an. Gestern hätte ich ihr fast in die Fresse geschlagen. Sie hat sich die Ohren zugehalten und mich beleidigt, als wir über unsere Pleite und ihre Unfähigkeit gestritten haben. Sie meint, ich lasse sie nicht in Frieden und sie findet ihre Ruhe erst im Grab. Ich quäle sie mit Absicht und würde sie später nicht mal mehr mit dem Arsch angucken. Sie will einfach die komplette Kontrolle über mein Leben, verstehst du? Das belastet mich total … Wow, alles ist auf einmal so klar. Darf ich dir das alles erzählen?"

„Klar, Süße. Alles kann raus."

Niklas fühlte sich voller Energie, empfand ihr Zusammensein intensiv wie nie zuvor. Sie legte den Kopf auf seine Brust und er streichelte ihre Mähne.

„Ich könnte kotzen, wenn ich daran denke, mein Leben nur noch vom Geld und dieser frustrierten Alten bestimmen zu lassen. Wer will denn in so einer kaputten Welt leben? Manchmal verlässt mich echt die Kraft zum Weitermachen. Dann will ich alles nur noch beenden. Ich hab so die Schnauze voll von Streit, Hass, Frust und Dreck."

Die Gedanken sprudelten aus Lydia heraus, kristallklar und

frisch. Irgendetwas an ihrem Körper war immer in Aktion. Die Energie musste sich entladen. Ihre Hände nestelten an seinem Shirt, streichelten ihn intensiv. Sie schaute sich ihre Finger an, als hätte sie sie noch nie gesehen, tat dasselbe mit ihren Haaren. Ihre Füße wippten hin und her. Alles im Rush.

„Natürlich hat ihr dieser Arsch von Weller den Rest gegeben – mein sogenannter Stiefvater. Der hat sogar so ein beschissenes Sextagebuch geführt."

„Sextagebuch? Grundgütiger!"

Trotz der Dinge, die Lydia ihm erzählte, ließ das Crystal Niklas alles mit der Unvoreingenommenheit eines Kleinkindes betrachten, er hörte einfach zu, frei von Vorurteilen, sorglos. Als hätte eine imaginäre Hand seinen Kopf von allen belastenden Gedanken leergefegt.

„Eines Abends hatte er zu viel getrunken und fiel angezogen auf dem Bett ins Koma. Als meine Mutter von der Spätschicht nach Hause kam, stand sein Laptop offen rum. Da fand sie das Tagebuch, in dem er exakt über seine Sexsucht Buch führte: Bordellbesuche, Saunaclubs auf Dienstreisen, Escorts, wie viele Mädchen und wie alt, das ausgegebene Geld – siebenhundert Euro monatlich! Meine Mutter ist komplett ausgerastet. Ich dachte, die bringt das Schwein um. Das war's dann mit der Ehe. Ich kann dem Mann seitdem keinen Respekt mehr entgegenbringen. Nicht mal mehr mit dem beschissenen Nachnamen kann ich noch was anfangen: Weller! Ich wünschte, ich hieße noch Kramer, so wie mein richtiger Vater in Köln."

Wie ein Kind übermannte Niklas ein plötzlicher Rededrang, begleitet von einem hämmernden Puls und ultimativer Wachheit. Glücksgefühle überstürzten sich. Er schüttete sein Herz aus, redete auf Lydia ein: Von seinen Eltern, die ihn immer mit seiner Schwester allein ließen, mit denen er nie sprechen konnte, die ihm nie die Schulter zum Anlehnen boten, von Einsamkeit und Verlorenheit, von Fabian, den er hasste, von den Problemen in der Schule. Lydia hörte voller Wissbegierde zu. Sie verstand.

Im Hintergrund lief Bitches Brew mit pulsierenden Vibes; funkig und komplex rhythmisch. Plötzlich interessierte Lydia sich für die Musik, spielte Instrumente in der Luft mit Füßen und Händen und spürte den Drang, die geheime Konstruktion der Klänge zu erforschen.

„Faszinierend, die Atmosphäre", sagte sie kennerisch. „Wie ein düsterer, ungewisser Dunst des Geheimnisvollen."

„Ja, man muss sich öffnen, um diese Mischung aus meditativen Momenten und Dissonanzen aufzunehmen. Klingt wie ein Fiebertraum. Erst fast Stillstand, dann eine Form völliger erotischer Ekstase. Faszinierend!"

Der Rush nahm kein Ende. Hoher Pegel, nicht die Spur eines Abflachens. Ein Verlangen überkam Niklas, das er so intensiv bislang noch nie erlebt hatte. Und er kannte seine ausgeprägte Libido, die ihn fast täglich um den Verstand brachte. Er drückte Lydia an sich, schmiegte sein Gesicht an ihren Hals, sog ihren Duft ein; dabei glitten seine Hände unter ihr T-Shirt, streichelten ihren Rücken, die schlanken Hüften, den süßen Hintern, die Schenkel.

Niklas spürte, wie Lydia seine Berührungen genoss und unter seinem Griff erschauerte. Das war in den vergangenen Monaten nicht immer so gewesen. Gewöhnlich brauchte sie geduldige Zärtlichkeiten und facettenreiche Tricks, bis sie sich öffnete. Die beiden kannten ihre Körper mittlerweile in- und auswendig, jeden Winkel, jede Reaktion des anderen. Doch es fehlten ihnen das Überraschungsmoment und der Mut, auch einmal gewagtere Praktiken auszuprobieren.

Sie begannen, sich ungestüm zu küssen, bis Lydia sich umdrehte und ihm den Rücken zuwandte. Er griff unter ihren Armen hindurch, legte seine Hände auf ihre festen Brüste und umgarnte ihre erigierten Knospen, was sie noch weiter erregte. Mit routiniertem Griff öffnete er ihre Jeans und erforschte mit zarten Berührungen ihren prallen, glatt rasierten Hügel. Als er einen Finger zwischen ihre feuchten, fleischigen Wölbungen gleiten ließ, brachen alle Dämme. Sie wand und wälzte sich stöhnend und riss sich schließlich die übrigen Sachen vom Leib.

„Komm, Nik, lass es uns in der Badewanne machen!"

Während das Wasser einlief, setzte Lydia sich nackt auf den Wannenrand. Der Strahl erzeugte Schaum im Übermaß, weil sie eine halbe Flasche parfümiertes Badesalz hineingetan hatten. Niklas lächelte entzückt. Der Blick auf ihren anmutigen Körper heizte seine Erregung weiter an. Wie vor einer Gottheit sank er vor ihr auf die Knie und vergrub seinen Kopf zwischen ihren Beinen, küsste die Innenseiten ihrer Schenkel und arbeitete sich weiter vor nach oben. Fast war er an ihrem hübschen Hügel angelangt, der geöffnet die Spitze der Klitoris preisgab, die aussah wie eine niedliche Zungenspitze zwischen zwei Lippen. Doch als er gerade seinen Mund darauflegen und den Gipfel umschließen wollte, spürte er, wie sein Gesicht von ihren Beinen umschlossen und ihm der Zugang zum Allerheiligsten verwehrt wurde.

Sie wich ein wenig zur Seite und er folgte, auf den Knien rutschend, ihren Bewegungen, stöhnend darum bemüht, den Kontakt nicht zu verlieren.

„Ich bin noch nicht soweit", flüsterte sie, kraulte seinen Nacken und streichelte mit dem Knie die Innenseite seiner Beine. „Komm, die Wanne ist voll!"

Im duftenden Wasser saßen sie einander gegenüber. Schaumberge bedeckten ihre Körper; prickelnd platzten Bläschen auf ihrer Haut.

„Wer guckt denn da aus dem Wasser?", fragte sie, als wolle sie ihre Scheu wiedergutmachen. Mächtig ragte Niklas' Glied aus dem Wasser. Sie senkte ihren Kopf und umschloss die Eichel zaghaft mit den Lippen, begann sanft daran zu reiben, ohne Zunge und Zähne einzusetzen. Er genoss den unbekannten, betörenden Zustand und verwöhnte unterdessen ihren Rücken und Po.

Nachdem sie ihre Glut angefacht und vermehrt hatten, löste sie sich von ihm, stieg auf ihn, umschloss mit zarter Hand seinen Penis und führte ihn auf den feuchten Pfad der Lust. Er liebkoste ihre rhythmisch wogenden Brüste, saugte an ihrer Zunge und rang nach Atem. Je näher sie dem Orgasmus kamen, umso mehr beschleunigten sich ihre Bewegungen, rieb nasse Haut auf nasser Haut. Wasser spritzte aus der Wanne, Schaum flog an die Wand. Sie schwelgten in unermesslichen Empfindungen, denen Lydia kaum gewachsen schien. Wild ritt sie auf ihm – zu wild, wie er Tage später resümierte. Sie verging in einem ekstatischen Höhepunkt, bei dem sie völlig die Beherrschung verlor und ihre Erregung rücksichtslos hinausschrie. Er hatte Angst, dass sie, gefangen in einer Orgasmusendlosschleife, kollabieren könnte. Und tatsächlich sanken anschließend Kopf, Arme und Beine wie bei einer Narkotisierten herab und begruben Niklas unter sich. Sie war nicht mehr sie selbst.

Minuten nach dem Himmelsritt stiegen sie aus der Wanne und patschten auf einen Badezimmerboden, der schwamm, als wäre ein Tsunami darüber hinweggefegt. Sie hüllten sich in Bademäntel und schwebten zurück in Niklas' kleines Reich. Dort öffneten sie das Fenster, um sich frische Luft und eine Pause von den berauschenden Erfahrungen zu gönnen.

„Herrlich, dieser Nieselregen im November", sagte Lydia erschöpft. „Komm, wir zünden uns ein paar Kerzen an, kuscheln uns ins Bett und quatschen."

Eng aneinandergeschmiegt spürten sie, wie der Rush abzuflachen begann. Die Euphorie verflog; ein erster unangenehmer Anflug von Trostlosigkeit kroch ihnen durch die Brust.

„Los, Nik, lass uns noch eine Line ziehen!", forderte Lydia. „Dann können wir die ganze Nacht durchmachen!"

„Hast recht, Süße. Nicht so toll, wenn der Motor ins Stottern gerät."

Diesmal zückte Niklas frei von Skrupeln das Nasenziehset und bereitete das Nachlegen vor. Zack – Zack! Schon blieb die Welt wieder stehen und mit ihr, so schien es, die Zeit. Die Realität verschwand hinter einem fernen Schleier.

Bis zum Morgen redeten sie – über alles Mögliche. Lydia weihte ihn in Zeichentechniken ein und erzählte ihm von ihrer Freundin Marlene. Niklas schwärmte von seinem Hobby Architektur, von dem geplanten Auslandsjahr in Frankreich und Musik. Detailreich erzählte er vom letzten Urlaub in Vietnam und Kambodscha, wo er und seine Familie im Dschungel herumgestromert waren und alte Tempel besucht hatten. Überhaupt brannte er in jedem Urlaub darauf, kugelige Erdhäuser, futuristische Wolkenkratzer, verrückte Museen, Kirchen und andere architektonische Leckerbissen zu besuchen und deren Baustile zu vergleichen. Er warf mit Insiderwissen nur so um sich, beschrieb ihr mit blumigen Worten die Einzigartigkeit und Komplexität der verschiedenen Gebäude, für die er mittlerweile einen Kennerblick hatte. Um seinen Fachmonolog zu untermauern, präsentierte er ihr sogar seine Gebäudezeichnungen, eine dicke Mappe mit Arbeitsproben und Entwürfen, in die er jede freie Minute investiert hatte.

Mit pochenden Herzen lagen sie im Bett, tauschten Zärtlichkeiten, hörten Musik und spürten ihre Gehirne vibrieren. Spät in der Nacht kam Anni nach Hause und bat sich, missmutig an der Tür wummernd, Ruhe aus. Doch die beiden hatten sich längst in eine andere Welt verabschiedet. Eine Welt, in der sie die einzigen Bewohner waren.

Am nächsten Morgen vor der Schule saßen sie in einer Pankower Bäckerei bei einem Cafè Latte und Croissants. Niklas hatte sich dazu ein Wasser geordert, weil sich sein Mund so trocken anfühlte wie die Haut eines in der Sonne ausgedörrten Wüstentiers. Sein Körper zuckte und überall quälte ihn Muskelkater. Erst jetzt bemerkte er, dass er die ganze Zeit mit den Händen herumspielte, seine Fäuste ballte, entspannte und wieder ballte. Erschrocken sah er in Lydias Augen. Ihre Pupillen waren groß wie Teller. Doch die seinen standen ihnen in nichts nach, wie er in der Glasscheibe der Bäckerei sehen konnte; sie waren unterlaufen und flackerten. Überhaupt fühlte er sich unbehaglich. Vor allem sein gnadenlos hämmerndes Herz beunruhigte ihn.

„Guck dir all die gestressten Leute an, Nik“, sagte Lydia, kicherte und zeigte auf angespannte Gesichter, die durch das morgendliche Gewimmel jagten. „Mit einem Coffee to go und dem Gesicht zur Faust geballt zur Arbeit!“

„Ja, nur wir beide genießen das Leben und sind glücklich.“

„Das war so überirdisch, Schatz, so geil! Ich hoffe, wir können das bald wiederholen.“

Ohne eine Spur von Müdigkeit plapperte sie weiter. Sie amüsierte sich über Jugendliche, die mit Stöpseln in den Ohren Musik hörten und sich gleichzeitig mit ihren Freunden unterhielten, über Emo-Tussis und Aktentaschen-Spießer, die im Anzug Bürojobs entgegenstrebten.

Niklas kämpfte mit der blättrigen Krume des Croissants. Jeden Bissen musste er mit einem Schluck Wasser hinunterspülen. Obendrein erschwerte ihm eine zunehmende Kiefersperre das Sprechen.

„Möchtest du den Rest Crystal behalten?", fragte er. In dem Tütchen waren noch ein paar Gramm verblieben, und um Nachschub brauchte er sich ja nicht zu sorgen.

Sie umarmte und küsste ihn ungestüm. „Na klar, immer her damit!", sagte sie, während er ihr den Stoff unauffällig zuschob.

Nach dem zweiten Cafè Latte schlenderten sie zur Schule, um ihre Räume in Parallelklassen aufzusuchen.

# 4

Schon in der ersten Stunde sehnte Niklas das Ende des Tages herbei. Die Geographielehrerin teilte Aufgabenblätter für eine Gruppenarbeit zum Thema „Indien und China im Vergleich" aus. *Gruppenarbeit, ausgerechnet*, dachte er gereizt. Das Problem dabei waren Mitschüler, die sich nie beteiligten oder die Bemühungen der Motivierten torpedierten, aber trotzdem gute Noten absahnten. Er entschloss sich, den Spieß heute einmal umzudrehen und sich von den anderen mitschleifen zu lassen. Zu häufig hatte er in den letzten Monaten die meisten Quellen recherchiert und dann das Ergebnis der Klasse vorgetragen.

Mit ein paar sparsamen Gesten und Blicken fanden sich rasch Gruppen zusammen. Wie üblich arbeitete Niklas mit seinem Freund Fynn zusammen. Dazu gesellten sich zwei Mädchen.

Fynn stupste ihn mit verstohlenem Seitenblick auf die allseits begehrte Larissa in die Seite und fragte: „Alter, wie machst du das bloß mit den Weibern? Die fängt ja gleich an zu heulen, weil sie nicht mit dir in einer Gruppe sein darf."

„Ich krieche ihr eben nicht in den Arsch", sagte Niklas trocken, „und ich gebe ihr nie genau das, was sie will – wirklich nie. Alle behandeln sie wie eine verdammte Königin oder was weiß ich; dadurch ist sie zur Zicke mutiert. Das habe ich ihr nicht durchgehen lassen." Er kicherte und ergänzte: „Seitdem rennt sie mir hinterher, schickt mir ständig Messages auf WhatsApp und lauter solchen Mist."

Niklas sah, wie Fynn bewundernd an seinen Lippen hing. Er selbst fühlte sich inzwischen einfach nur noch räudig. Langsam und bewusst atmete er ein und aus und schloss immer wieder kurz die lichtempfindlichen Augen, um sich auf das Aufgabenblatt zu konzentrieren: Klimadiagramme, Risiken des Monsuns,

Faktoren der Bevölkerungsentwicklung, Bevölkerungspyramiden … Die Buchstaben wackelten und tanzten vor seinen schmerzenden Augen.

„Das regt mich total auf, völlige Zeitverschwendung", sagte Fynn über das Papier gebeugt. „Was die uns hier in zwei Stunden beizubringen versuchen, lerne ich zu Hause in einer Viertelstunde selbst. Ich habe im Internet ein Portal gefunden, in dem Lehrer in zehn Minuten erklären, was hier Stunden dauert. Was soll also der ganze Mist?"

„Hör mal, Digga", sagte Niklas geladen, „kannst du mich damit zufriedenlassen? Ich habe heute absolut keine Lust auf gar nichts, auch nicht auf Gequatsche."

„Wie bist du denn drauf?" Fynn wandte sich gekränkt ab; nie zuvor hatte ihn sein Freund derart schroff behandelt.

Augenblicklich tat Niklas sein Verhalten leid, aber heute konnte er einfach nicht aus seiner schmerzenden Haut. Ödnis und Leere durchdrangen ihn ebenso wie ein starkes Unwohlsein. Wirre Gedanken über die Erlebnisse der vergangenen Nacht verfolgten ihn.

Fynn Schrader war seit langem sein Freund. Der langhaarige Typ mit der Nickelbrille galt am Gymnasium als Außenseiter. Mit den anderen Schülern redete er nur, wenn es unbedingt sein musste und allenfalls über fachliche Dinge wie Zeichnen, Grafik oder Computer. Ehrgeizig verfolgte er den Studienwunsch Virtual Design, um seinen Traum von einem Job beim Film zu verwirklichen. Fynn musste ohne leiblichen Vater auskommen – zumindest für ein paar Jahre, weil dieser wegen Brandstiftung im Gefängnis saß. Nachdem er als Mathematiker jahrelang arbeitslos gewesen war, hatte er eine Bibliothek angezündet. Er bräuchte keine Bücher mehr, sondern endlich Arbeit, verteidigte er sein kriminelles Verhalten vor Gericht; von dieser „Außenstelle des

Systems" habe er sich nicht länger einschläfern lassen wollen. Der Richter reagierte verständnislos und hart.

An diese Flammen des Protests musste Niklas in dieser Geographiestunde denken. Sie fand gänzlich ohne seine Mitwirkung statt. Immer tiefer rutschte er in ein Stimmungstal und stand kurz davor, in Tränen auszubrechen. Es schnürte ihm die Kehle zu, als er einen Blick auf seinen Freund warf, der das Arbeitsblatt mit den Mädchen abarbeitete. Bei einem letzten Versuch, die Aufgaben zu fixieren, hoben sich die Buchstaben wie bedruckte Papierschlangen von den Seiten und lösten sich in einem wirren Chaos auf. Diese beunruhigende Wahrnehmung gab Niklas den Rest.

„Ich muss weg, Fynn!", erklärte er fahrig mit dem Gefühl in der Brust, gleich panisch ins Freie rennen zu müssen.

„Was ist denn bloß los mit dir?"

„War eine harte Nacht." Niklas warf seine Sachen in die Tasche, meldete sich bei der Lehrerin krank und verabschiedete sich bei Fynn: „Das eben … tut mir leid, Digga … Ich kriege den Nebel heute nicht aus meinem Kopf."

„Schon okay."

Draußen rauschte kalter Regen aus rußig dunklen Wolkenvorhängen herab. Hungrig stampfte Niklas durch die Stadt, deren Geräusche in seinen Ohren dröhnten. Auf seinem Weg durch das Gewimmel murmelte er Selbstgespräche und Flüche vor sich hin. Er beschimpfte die Leute um sich herum leise als dumm und mittelmäßig und verdammte sie dafür, dass einige von ihnen trotzdem Erfolg im Leben hatten. Alles Schauspieler, die sich egoistisch absicherten, mit dem Strom schwammen und sich mit Oberflächlichkeiten schmückten. Ihn quälte der Impuls, ihnen allen einfach ins Gesicht zu schlagen.

Plötzlich blieb er zittrig und ausgelaugt stehen, umklammerte ein Geländer und fühlte, wie sich eine unendliche Leere in seinem Körper auftat. Tränen stiegen ihm in die Augen und mischten sich mit dem Regen; erst stumm, dann mit stakkatoartigem Schluchzen.

An einer Currybude stillte er seinen Heißhunger. Totaler Fressflash: zwei Portionen Würstchen und Pommes. Danach spürte er, wie Müdigkeit seinen Körper übermannte. Er bettelte förmlich nach Schlaf. Blasslippig und fröstelnd joggte er nach Hause. Die Bewegung half gegen den plötzlich aufkommenden Drang, eine neue Line zu ziehen.

Zu Hause kuschelte er sich in sein warmes Bett. Doch trotz seiner Erschöpfung fand er keine Ruhe. Das in seinen Adern zirkulierende Adrenalin quälte ihn wie Millionen Nadelstiche. Erst nach Stunden fiel er in einen bleiernen Schlaf. Hätte man ihn im Park auf eine dieser großen Drehscheiben auf dem Spielplatz verfrachtet und einer johlenden Kinderhorde überlassen, er wäre nicht aufgewacht.

In den frühen Morgenstunden spukten düstere Träume durch sein Hirn. Lydia spielte in einer Band und sang einen harten Popsong. Sie hatte lange, schwarze Locken, die wild hin- und herwirbelten. Gleichzeitig saß sie mit ihrer Mutter im Publikum. Beide schunkelten zur Musik. Später war er mit seinen Eltern in Kanada. Er fuhr mit einem Motorrad in eine kleine Stadt voller deutscher Auswanderer. Auch Lydia verbrachte ihre Ferien hier. Sie kamen sich näher, umarmten sich; sie ungestüm, aufgekratzt, mädchenhaft, er jeden Moment genießend. Dann spürte er auf einmal ihr feuchtwarmes, dunkelrotes Blut an seinen Händen, was ihn wunderte, jedoch nicht erschauern ließ. Sie blutete am Rücken. Irgendwann rief ihn Anni, die den grinsenden Fabian dabeihatte.

Anni brüllte ihn an, aber Niklas wusste nicht, ob er sich im Wach-, Schlaf- oder Dämmerzustand befand.

„Hast du etwa Mamas Schlaftabletten geschluckt?"

In einer Reflexbewegung zog er sich die Bettdecke über den Kopf, als er Fabian neben Anni erblickte.

„Es ist bereits elf", erklärte seine Schwester. „Wochenende! Unsere Eltern treffen sich gleich am Flughafen und bringen was zum Mittagessen mit."

Sie setzte sich zu ihm ans Bett, zog ihm die Decke vom Gesicht und wunderte sich über seinen niedergeschlagenen Blick. „Alles in Ordnung?"

„Hast wohl gestern einen Joint nicht vertragen, was, Alter?", lästerte Fabian.

Sonnenlicht flutete durch das Fenster. Niklas blinzelte Anni an und fühlte noch immer das klebrige Blut Lydias an den Händen. Langsam wie eine Dampflok, die sich einen Gebirgskamm hinaufkämpft, kam er in der Gegenwart an.

„Habt ihr einen Kaffee für mich?"

„Na klar."

In einen Bademantel gehüllt, schlurfte er in die Küche. Die unbändige Lust, sich mit einer frischen Line aufzupäppeln, durchdrang ihn wie ein Dämon – den unvergleichlichen Rush noch einmal erleben, sich von Sinneseindrücken überfluten und das Hirn summen lassen. Die Welt würde wieder anfangen, sich schneller zu drehen, und alles würde wie von selbst an seinen richtigen Platz rücken. Das Wochenende würde perfekt funktionieren und er könnte seine Familie als kluger und geselliger Typ an der Nase herumführen. Das fand er am reizvollsten.

Auf der anderen Seite schockierte es ihn, dass er sich auf der Stelle in das Crystal verliebt hatte und nun diese strapaziöse Depression erlebte. Er nahm sich vor, die „Königin der Upper" künftig nicht mehr anzurühren. Besser clean und desillusioniert in einer stupiden, beschissenen Welt zu leben, als noch einmal diese Verzweiflung, Schmerzen und Ängste zu fühlen.

Fabian streckte ihm im Flur die Hand entgegen. „Mach's gut, Großer", sagte er freundlich zum Abschied. „Unser Quartett gibt heute eine Matinee im Kulturhaus."

„Wird das Altenheim dafür angekarrt? Die Armen!", höhnte Niklas.

„Witzbold", röhrte Fabian zurück, ohne sich gekränkt zu zeigen. Mit einem Zungenkuss verabschiedete er sich von Anni und schritt forsch von dannen. In seinem Gang schwang das Statement mit, konsequent ein klares Ziel zu verfolgen. Wie der Typ sich bewegte, wie er sprach, wie er seine Schwester küsste, einfach alles an ihm nervte Niklas – und dabei kam er sich vor wie ein ungerechter Arsch.

Sie frühstückten schweigend. Anni hatte einen starken Kaffee gebrüht, in dessen Spiegel Niklas' Gesicht waberte und zitterte. Er trank das bittere Gebräu mit gesenktem Kopf und einem Herzen, das sich zu einem Knoten zusammengezogen hatte. Er spürte die Blicke seiner Schwester auf sich ruhen, während er selbst gegen die Tränen ankämpfte. Schließlich ließen sie sich nicht mehr unterdrücken und füllten seine Augen. Einige schluckte er hinunter, andere tropften leise auf seinen Bademantel. Im Stillen hoffte er, dass Anni ihn tröstend in ihre Arme schließen würde.

„Was ist denn los?", fragte Anni stattdessen, worauf Niklas mit heftigem Blinzeln, Schulterzucken und ein paar Schlucken Kaffee antwortete. „Gab es Stress mit Lydia?"

„Nein, es ist eher …" Eigentlich wollte Niklas antworten, dass er nicht wusste, aus welcher Tiefe seiner selbst diese mächtige Traurigkeit herrührte. Doch er konnte nicht. Stattdessen zuckte er ein weiteres Mal die Schultern und vollführte eine abwinkende Handbewegung. „Diese Armut, dieser Dreck und diese düstere Atmosphäre bei den Wellers. Lydias Mutter ist einfach nur der Horror. Sie tut mir so leid."

Detailliert erzählte Niklas von den Zuständen dort und den Ereignissen des vorletzten Abends bis zu dem Punkt, an dem Frau Weller das Haus verlassen hatte.

„Sie muss so schnell wie möglich da raus, wenn du mich fragst."

Verständnisvoll beugte Anni sich vor und legte ihre Hand auf seine. „Sie könnte vielleicht bei uns einziehen. Platz haben wir in unserem Irrenhaus unter der Woche schließlich genug, oder?"

„Meinst du das im Ernst? Das würde ihre Mutter doch nie erlauben – und unsere Eltern genauso wenig. Am besten, sie kommt nächstes Jahr mit mir nach Frankreich."

„Über die Eltern müsstet ihr euch schon hinwegsetzen, denke ich. Ohne Rebellion gab's noch nie Freiheit. Und überhaupt, gegen Finsternis hilft nur Wut."

„Ich dachte, du magst Lydia nicht?" Mit einer Mischung aus Neugier und Überraschung sah er in ihre grünen Augen.

„Du magst Fabian ja auch nicht."

Niklas musste schmunzeln. Dann drehte er seine Hand herum, die bisher flach unter der ihren auf dem Tisch gelegen hatte. Sie hielten sich eine Weile bei den Händen. Wie von einer Frühlingsbrise wurde die schwermütige Stimmung aus seinem Kopf geblasen.

Schließlich brach Anni das Schweigen. „Darf ich dich was fragen?"

Niklas nickte.

„Ob wir es heute mit den beiden mal ohne Stress hinbekommen?"

„Wir können es jedenfalls versuchen."

„Nein, nicht nur versuchen, wirklich wollen! Und vor allem ohne jeden Kompromiss durchziehen."

Nach der Rückkehr aus ihren Arbeitsexilen versuchten ihre Eltern immer, ihre kurze gemeinsame Zeit so harmonisch wie möglich miteinander zu verbringen. Sie lebten ein regelrechtes Wochenendweihnachten. Alles musste perfekt sein: perfekt geplanter Tagesablauf, perfektes Kuscheln, perfektes Essen. Dieses Ritual lief seit einem halben Jahr Woche für Woche nach demselben Muster ab. Den Kindern ging das auf die Nerven, weil der intensiven Wiedersehensfreude oft hitzig geführte Dispute folgten. Besonders Anni litt unter diesen Streitereien.

„Okay", rief Niklas und ballte die Faust, „Stress heute nur über unsere Leichen!"

„Genau!"

„Auch nicht, wenn Papa cholerisch durch die Wohnung hopst, nachdem er das Chaos in deinem Zimmer gesehen hat?"

„Nein!", johlte sie. „Auch nicht, wenn Mama dir einen vergreisten Oberstudienrat für die Mathenachhilfe anschleppen will?"

„Locker nicht!", grölte er. „Nicht mal, wenn sie mir einen Medizinstudienplatz auf dem Mars besorgt hat!"

„Und erst recht nicht, wenn Vadda einen anstrengenden Vortrag über den Länderfinanzausgleich hält …"

„… und sich dabei wie der schlaueste Typ des Universums vorkommt!"

„Oder Mudda über ihren Tyrannosaurus-Chef jammert!"

„Heilige Scheiße!"

Sie prusteten vor Lachen und klatschten sich ab. Ihre Aufzählung hätte sich mühelos noch eine Weile fortsetzen lassen.

„Bis die beiden kommen, übe ich noch zwanzig Minuten",

sagte Anni, schnappte sich die angebrochene Schokolade und verließ trällernd die Küche. In Prüfungssituationen oder bei Nervosität naschte sie immer. Schokoladensüchtig, wie sie selbst diagnostizierte.

Niklas schlürfte den Rest Kaffee und schlappte ins Bad. Eine heiße Dusche weckte seine Lebensgeister. Auf die Ankunft der Eltern wartete er im Bett. Nebenan ertönte Mozarts Klaviersonate in c-Moll, deren Harmonie vom Klingeln des Handys unterbrochen wurde.

„Halli, Niki Schatz", meldete sich Lydia. „Alles im Chi mit dir?"

„Na ja, gestern war nicht mehr viel im Gleichgewicht. Hab einen fetten Depri geschoben und dann bis eben durchgeratzt."

„Ich habe mir nachmittags auch Ruhe gegönnt", erzählte sie aufgekratzt. „Im Bett gelegen, eingekuschelt, Serien laufen lassen, gedöst … Und geht's dir jetzt besser?"

„Ja."

„Ich habe so Angst davor, dass diese geilen Erinnerungen verblassen könnten. Das waren so unbeschreiblich starke Empfindungen. Ich hoffe, wir können das so schnell wie möglich wieder durchziehen!"

Mehr als ein „Mh" entgegnete Niklas nicht.

„Weißt du was", sagte sie, „als abends der kleine Depri kam, habe ich mir einfach noch eine Mini-Line gegönnt und dann locker bis zwei Mathe gebüffelt. Sieben Stunden lang, das ging total super! Nächste Woche ist doch die große Klassenarbeit …"

„Bist du komplett irre?", brauste er auf. „Crystal ist doch kein verdammtes Spielzeug oder ein niedlicher Muntermacher! So hab ich mir das nicht gedacht!"

„Ach, reg dich ab! Minimale Dosen in harten Lernphasen sind sicher okay. Mit einem Gute-Nacht-Joint konnte ich dann auch prima schlafen."

„Gute-Nacht-Joint? Ich fass es nicht!" Niklas stieg die Hitze ins Gesicht. Er stemmte die Hand in die Hüfte und fragte: „Ich denke, du hast kein Geld und weißt nicht, wie du an Stoff kommen kannst?"

Einen Moment lang herrschte Schweigen. Dann Rascheln im Hörer, bis sie flüsternd antwortete: „Ein Bekannter aus der Schule hat mir ein paar Krümel gegeben."

„Bekannter? Wer?"

„Das ist doch wohl mein Ding", entgegnete sie scharf. „Wir müssen wirklich nicht jeden Scheiß miteinander teilen, Nik! Ich frag dich ja verdammt noch mal auch nicht, warum wir uns heute Abend nicht treffen können."

„Weil ich mit meiner Familie ins verdammte Theater gehen muss!" Ausgerechnet Amphitryon von Kleist stand auf dem Programm. Auf einen anstrengenden Theaterbesuch hatte Niklas eigentlich gar keine Lust.

„*Weil ich mit meiner Familie ins verdammte Theater gehen muss*", äffte Lydia ihn nach. „Ist dir unsere Beziehung nicht wichtiger als ein Abend mit deinen Alten und deiner zickigen Schwester? Krieg dich bloß wieder ein!" Damit legte sie auf. Zum ersten Mal endete ein Telefonat zwischen ihnen auf diese Art.

Zur Fortsetzung des Gesprächs oder zum Kitten des Zwists wäre ohnehin keine Zeit geblieben. Die Klingel läutete, und Niklas schluckte seinen Frust hinunter.

Auf dem Heimweg hatten die Eltern thailändisches Essen in einem erstklassigen Restaurant besorgt: Kokosnuss gefüllt mit rotem Curry vom Huhn, gebratene Ente mit grünen Thai-Bohnen und andere Köstlichkeiten. Jedes Familienmitglied berichtete von den Erlebnissen der letzten Woche, wobei diesmal die Einweisung Menzels in die Psychiatrie und Niklas'

Schock im Mittelpunkt standen. Alle bewunderten ihn für seine Besonnenheit.

„Zu dem gehe ich nie wieder", sagte Niklas. „Never ever again!"

„Ja, das wäre wohl zu gefährlich", gab seine Mutter zu, „aber glücklicherweise gibt es Alternativen." Anni stieß Niklas unter dem Tisch an. Ihre Mundwinkel bebten. „Auf einer Nachhilfeplattform habe ich so eine Wirtschaftsstudentin gefunden, die von allen super bewertet wird. Constanze. Die war am Telefon total nett und hat sehr viel Erfahrung. Sie sagt, Matheleid muss nicht sein. Kannst du dir vorstellen, sie nächste Woche mal zu treffen?"

Niklas räusperte sich und lächelte, obwohl es sich dabei mehr um ein unterdrücktes Lachen handelte. „Klar, ich sehe mir die Gute mal an. Wie alt ist denn das Schnuckelchen?" Jetzt spürte er Annis Fuß auf dem seinen. Sie kicherte, was Niklas ansteckte.

„Ist das wichtig?", fragte seine zierliche Mutter irritiert und massierte sich ihr Ohrläppchen. „Ich glaube, um die sechsundzwanzig."

„Nein, nein, ganz unwichtig. Ich wollte nur wissen, wie knackig sie ist und eben, ob sie gut aussieht."

Darüber konnte sie mitlachen. Dann jedoch verdüsterte sich ihre Miene. „Wenn man nur alle Probleme einfach so mit einem Lachen lösen könnte."

Niklas und Anni wussten, was jetzt kommen würde: Eine Jammertirade über ihre Arbeit in der Klinik.

„Was meinst du? Läuft es bei dir nicht gut?"

Sie seufzte und rollte mit den Augen. „Ach, ihr kennt ja die Geschichte. Mein überehrgeiziger Chef hat doch diese neue leitende Oberärztin eingestellt, die alles von Grund auf umschmeißen will. Dabei kennt sie die Klinik nicht mal richtig. Sie schreibt einfach die Dienstpläne um und überträgt uns plötzlich völlig andere Arbeiten. Für die meisten ist es eine klare Degradierung – auch für mich.“

„Klingt finster“, gab Niklas zu, obwohl das Thema ihn im Grunde nervte. „Was kann denn im schlimmsten Fall passieren?“

„Ich hab einfach Angst, dass ich rausgemobbt werde und meine Habil dann nicht fertigkriege. Ihr wisst, was das heißt! Dann war alles umsonst!“

Niklas fühlte einen krampfhaften Drang loszuprusten, doch angesichts des Leids seiner Mutter beherrschte er sich. Auch Anni verkniff sich das Lachen, obwohl sie mit ihrer Prognose recht gehabt hatte. Ihre Mutter biss sich auf der Lippe herum und ihr eigentlich jung gebliebenes Gesicht sah verhärmt aus.

„So weit wird es schon nicht kommen“, sagte ihr Vater langsam und wie immer ein wenig gehemmt. „Bring die Spannungen gleich auf den Tisch, Annette. So machen wir das immer in unserem Team. Konflikte ansprechen, analysieren und dann Kompromisse erarbeiten. Keiner darf verlieren. Sonst würden bald all unsere Projekte scheitern.“

Diesmal berührte Niklas seine Schwester mit der Zehenspitze am Schienbein.

„Leider herrschen in unserem *Team* totaler Krach und Schiss“, gab ihre Mutter zurück, das Wort „Team“ sarkastisch betonend. „Bei unserer leitenden Oberärztin muss sich erst mal jemand trauen, Konflikte überhaupt anzusprechen!“ Nach einem Seufzer sah sie auf die gefüllte Kokosnuss und ergänzte: „Da gibt man nun tagein, tagaus hundertfünfzig Prozent und dann das.“

„Wenn das so ist, musst du eben mit deinem Chef reden und ihn um externe Hilfe bitten. Ein Mediator von außen, der die Diskussion strukturiert und darauf achtet, dass alle respektvoll und fair miteinander umgehen, wäre eine gute Lösung. Es gibt da verschiedene Ansätze."

Gemächlich begann ihr Vater ein Referat über Mediation und dozierte dabei so hochtrabend, dass sich die Nackenmuskulatur seiner Zuhörer versteifte. Seine Frau presste die Lippen zusammen und hielt sich an ihren Essstäbchen fest. Wieder einmal prallten ihre unterschiedlichen beruflichen Alltagsrealitäten und Temperamente aufeinander. Je mehr er ins Detail ging, umso intensiver mussten die Kinder gegen ihr Gegacker ankämpfen. Anni geriet in Wallung, zuckte, riss sich zusammen und verlor schließlich.

„Diese Chilischoten … Scheiße, ist das scharf! Bin gleich zurück!" Mit Tränen in den Augen sprang sie auf und rannte ins Bad.

„Meine Güte", versuchte Niklas abzulenken, „in Indien ernähren sich manche Mönche ausschließlich von Chilischoten. Na ja, wer schon von Cola einen Koffeinkoller kriegt …"

Nachdenklich kratzte Papa Röder sich seinen sorgfältig frisierten Kurzhaarschopf. Er ahnte nicht, dass er selbst das Gelächter ausgelöst hatte.

„Mediation!", sagte Niklas' Mutter währenddessen verächtlich und goss sich Wein nach. „Schön wär's! Bei meinem Chef gilt noch immer die Goldene Regel: *Wer das Gold hat, macht die Regeln!*"

In diesem Moment kam Anni singend zurück. In ihrem Gesicht war die Schalkhaftigkeit offener Freude gewichen. Mit weit geöffneten Augen schloss sie je einen Arm um die Schulter der Erwachsenen. „Es ist so schön, dass wir alle wieder zusammen sind!"

Darauf legte ihr Vater, der körperliche Berührungen eigentlich scheute, seine Hand auf die seiner Tochter und auch ihre Mutter lächelte.

Nach dem Mittagessen begann Niklas' Vater mit der Tiefenreinigung der Wohnung. Penibel putzte er das Klo mit einer alten Zahnbürste, saugte Staub und schrubbte jede versteckte Dreckecke aus. Frau Hörnchen, die Putzfrau, die jeden Donnerstag die Wohnung auf Vordermann brachte, schlampte ihm bei diesen Problemzonen zu sehr, erklärte er.

Anni musizierte derweil und Niklas setzte sich an seinen Schreibtisch, um versäumte Schulpflichten nachzuholen und in Architekturzeitschriften zu lesen.

Bevor seine Mutter sich in ihr Zimmer einschloss, um noch etwas für eine Studie auszuarbeiten, besuchte sie ihren Sohn. Sie trat von hinten an seinen Stuhl und knuddelte ihn ab. Ihr brünettes Seidenhaar fiel ihr über das Gesicht.

„Das alles hat mir solche Angst gemacht – das kannst du dir gar nicht vorstellen!"

Normalerweise hätte es jetzt Krach, zumindest Vorhaltungen gegeben, weil Niklas seiner Mutter ihre ständige Abwesenheit nicht verzieh und er fand, dass sie an dem Menzel-Desaster nicht ganz unschuldig war. Doch heute galt die Vereinbarung mit Anni, und so biss er sich auf die Zunge.

„Schon gut, Mama", sagte er und streichelte ihre Hände, „ich bin ja noch am Leben."

Wie sie genoss er den kurzen Augenblick der Zweisamkeit. Gerne hätte er ihr mehr von sich erzählt, doch dafür standen sie sich nicht mehr nahe genug. Um über seine Probleme zu reden, wandte sich Niklas lieber an Lydia oder an Anni statt an seine dauergestresste Mutter – vom Ausschütten eines bis zum Bersten gefüllten jugendlichen Herzens ganz zu schweigen.

Er ertrug sogar tapfer das nun folgende Gespräch über die

Möglichkeit, ein Medizinstudium in Budapest anzutreten, um die zahllosen Wartesemester in Deutschland zu umgehen.

„Ich denke darüber nach", versprach er diplomatisch.

Als sich der jaulende Staubsauger der Tür näherte, verdrehte seine Mutter die Augen. „Was für eine Zeitverschwendung", klagte sie. „Jedes Mal dasselbe! Wir haben schließlich genug Geld, um uns Hilfe zu organisieren. Das Wochenende will ich verdammt noch mal mit euch und mit schönen Dingen verbringen … Warte mal, ich kläre das!" Damit sprang sie genervt auf.

„Hey, Mum", hielt Niklas sie auf, „bitte nicht heute! Nicht schon wieder Streit!"

Überrascht ließ sie die Klinke los und klimperte mit den Lidern. Ihre Lippen wanden sich verkrampft wie ein kleines Lebewesen.

„Berliner Ensemble heute Abend", schob er nach. „Absacker. Gute Stimmung und so."

„Okay." Sie begriff und gab ihrem Sohn einen Kuss, bevor sie hinausging, um ihren Mann und das röhrende Haushaltsgerät auf diplomatische Weise zur Vernunft zu bringen.

Wieder allein im Zimmer, öffnete Niklas das Fenster. Die großen Bäume im Park zitterten in einer Herbstbrise, und zwischen den kahlen Ästen blitzte warmes Sonnenlicht. Er legte eine Wange an den Fensterrahmen, schloss die Augen und dachte an Lydia.

Lydia und Marlene sowie zwei Jungen aus ihrer Klasse verbrachten den Dienstagnachmittag in ihrer Lieblingsecke im Park. Rap dröhnte aus Boxen, und der Wind blies braunes Laub durch die Luft. Die Stimmung war ausgelassen, denn bis auf Philip hatten alle bereits eine „Feierabend-Line" gezogen. Dazu tranken sie ein paar Wodka-Mixe.

„Spürst du's?", fragte ihn Marlene. „Das wird eine geile Entjungferung! Kein Orgasmus – viel besser!"

Philip schossen Tränen in die Augen. Er stöhnte beim Abgang des Crystals und ließ entrückt den Kopf nach hinten fallen. Marlene beugte sich für einen Kuss über ihn, der Minuten dauerte.

Hinter ihnen tobte ein Eichhörnchen auf einem Baum und schien Lukas zu beobachten, Lydias verschlossenen kleinen Bruder, der sich allein auf dem Spielplatz beschäftigte. Hin und wieder sah er zu den Jugendlichen hinüber und seine Sommersprossen leuchteten in der Herbstsonne.

„Ich muss raus von Zuhause", öffnete sich Lydia. „Meine Mutter vertraut mir nicht, versteht mich nicht und gibt mir nicht mal eine Chance, egal für was. Schon gar nicht für ein Medizinstudium."

„Meine Süße, du hast Angst vor der Zukunft", warf Marlene ein, die sich von Philip löste. „Aber das ist völlig in Ordnung so."

„Nein, nein, ich hab keine Angst! Manchmal erwischt es mich nur eiskalt, verstehst du? Ohne Vorwarnung, auf dem falschen Fuß. Du denkst, du hast dich davon gelöst, aber auf einmal schickt dich der Tag wieder zurück in diese Scheißwelt."

Bislang hatte Lydia nicht einmal ihrer besten Freundin vom ganzen Ausmaß ihres häuslichen Desasters erzählt.

„Ist schon okay, geht mir genauso", sagte Marlene und pustete sich die blonden Haare aus der Stirn. „Was mich echt aggressiv macht, ist, dass meine Alten bei ihrer sogenannten Erziehung nie auf meine Bedürfnisse eingehen, sondern nur auf ihre beschissenen eigenen. Ich kann mit denen nicht über meine Probleme reden. Das wird immer schlimmer. Die denken, dass gute Noten mich automatisch glücklich machen – so ein Scheiß! Die interessieren sich für nichts anderes."

Lydia dachte daran, wie gerne sie mit ihrer Freundin tauschen würde, die aus einer scheinbar intakten Familie kam. Ihre Eltern harmonierten und waren beruflich erfolgreich. Marlene war die Zweitbeste des Jahrgangs, engagierte sich im Englischclub und als Klassensprecherin und spielte im Klassik-Quartett Bratsche.

„Ja, wir werden abgerichtet wie Hündchen", sagte Philip, als gerade eine Frau im Kostüm und ein Mann im Anzug vorübergingen, die einen jungen braunen Retriever an der Leine führten. Alle kicherten.

„Dieses verlogene, oberflächliche Grinsen! Die sagen einfach nie, was sie meinen. Aber wir werden das durchbrechen, weil wir klüger sind … Scheiß Konventionen!", brüllte Philip.

„Ach, ich liebe dieses lauschige Eckchen hier", schwärmte Marlene und küsste ihren Freund, der gerade seinen ersten Rush erlebte.

„Ich frage mich echt, wofür man eigentlich lebt", sagte Jonas und zeigte auf das Pärchen im Business-Kostüm. „Bei denen dreht sich sicher alles nur um Arbeit und Kohle. Die bewerten alles anhand des Jobs. Ohne bist du ein Assi. Absurd, nur für die Arbeit zu leben!"

„Genau", stimmte Marlene zu, „ich hab auch keinen Bock, die Hälfte meines Lebens zu arbeiten und mich in der anderen davon zu erholen."

„Deshalb sollten wir unser einziges kleines Leben jeden Tag genießen! Als meine Ma starb, hab ich gesehen, wie schnell es vorbei sein kann." Jonas rieb sich mit den Händen über das Gesicht und forderte die anderen auf: „Also Leute, kommt, lasst uns noch was ziehen!"

Gemörserte Kristalle wanderten auf einem Handydisplay durch ihre Hände – viermal Zack!

„Manchmal wünschte ich mir", sagte Lydia, „ich könnte noch so naiv sein wie vor ein paar Jahren, nichts von all dieser Scheiße da draußen wissen. Es ist doch so bekloppt, sich dauernd nach dem Sinn des Lebens zu fragen." Sie umarmte ihre Freundin und schob nach: „Ich brauche jetzt meinen Schatz!"

Eilig schrieb sie eine SMS an Niklas:

Halli mein Niki-Schatz!

Tut mir leid wegen Samstag, dass ich so unausstehlich und blöd war. Kommt nicht wieder vor. Versprochen! Vermisse dich. Mathe lief super, habe eine 2- bekommen!!! Das ist soooo cool. Bin im Park! Hast du Zeit?

Knutsch, deine Lydia

Die SMS beendete das belastende Schweigen zwischen den beiden. Nie zuvor hatten sie mehrere Tage lang nicht miteinander gesprochen. Niklas freute sich, dass sie den ersten Schritt gegangen war. Trotzdem wollte er sie für ihr zickiges Verhalten zur Rechenschaft ziehen – so sein Plan.

Fünf Minuten später rannten sie im Park aufeinander zu. Lydia sprang ihm entgegen, klammerte Arme und Beine um seinen nach Zärtlichkeiten lechzenden Körper und krallte ihre Hände in seinen Rücken, bis es schmerzte. Wilde Küsse folgten und Niklas genoss es, obwohl irgendetwas anders war. Er konnte nicht sofort sagen, was es war. Roch sie vielleicht nicht ganz so frisch wie sonst? Der feminin-blumige Duft ihres Lalique-Parfüms fehlte. Und Lydia kam ihm irgendwie leichter vor als gewöhnlich.

Kurz winkte Niklas den anderen zu. Dann liebkosten sie sich ungestüm. Erst nach einigem Herumgealber und unzähligen Liebesbezeugungen kam ein Gespräch zustande.

„Hast du dir inzwischen auch noch was gezogen?", wollte Lydia wissen. Ihr Mund zuckte, unruhig nestelte sie an ihrer Tasche herum.

„Nein, ich war zu tief im Loch." Niklas hielt die Hand niedrig über den Boden, um das durchlittene Down zu veranschaulichen. „Das Zeug ist so hinterhältig. Es darf nicht anfangen, uns zu kontrollieren. Mal eine Party – okay. Aber das war's dann."

„Da hast du recht, Schatz", sagte sie und sah zu ihrer Clique. „Aber vor der Mathearbeit habe ich mir eine Line gegönnt und damit war mein Kopf voller brillanter Gedanken. Ich konnte jede Gleichung lösen, verstand jede Textaufgabe. Einfach irre – eine Zwei! Und ich fand Mathe sogar interessant und hatte Spaß dabei."

Niklas umklammerte die Lehne der Bank, an der sie jetzt standen. Lydia strahlte solch eine zittrige Nervosität und Fahrigkeit aus, dass es ihn beunruhigte.

„Am Freitagabend", fuhr sie kichernd fort, „da war ich ganz in meiner eigenen Welt, konnte reden ohne Ende. Ich hab meine Mutter in Grund und Boden getextet, ihre Situation bis ins Kleinste analysiert. Die hat gar nichts mehr geschnallt." Sie schmiegte sich wieder an ihn, umschmeichelte küssend seine Wangen und kraulte seinen Rücken. „Mitten in der Nacht gab's dann ein schönes Bad und Träume von unserer prickelnden Schaumnummer. Kraft tanken, relaxen und abheben", flüsterte sie ihm ins Ohr. „Nächste Woche fliegt der Drache zum Nachtdienst. Wollen wir da die Nonplusultra-Abfahrt runterrauschen?"

Die ständig quälende Lust zerkrümelte Niklas' Bedenken wie Biskuit. „Ja", hauchte er.

„Bringst du uns von deinem wunderlichen Weihnachtsmann ein paar Tütchen Nachschub mit?"

Dahin war das Vorhaben, mit ihr den Stress vom Wochenende zu diskutieren. Lydias Schweigen in den vergangenen Tagen – Vergangenheit. Alles wieder heile Welt. Sie liebten sich.

„Natürlich", säuselte er die Antwort, die sie hören wollte. Und fühlte sich nicht glücklich dabei.

Sie setzten sich auf die Bank. Einen Moment lang sah Niklas auf das Laub am Boden, spielte mit der Fußspitze darin und zwickte sich selbst in die Nase.

„Süße, mal was anderes", sagte er mit verhaltener Stimme, „hast du dich inzwischen in der Sprachschule beim Französisch-Intensivkurs angemeldet? Wenn das nicht läuft, können wir nicht zusammen in die Provence gehen."

Mehrfach hatte Niklas sie bedrängt, den Kurs zu buchen, um im nächsten oder übernächsten Schuljahr mit ihr gemeinsam nach Aix-en-Provence gehen zu können.

„Ach Schatz, ich komme schon mit Spanisch kaum klar. Wie soll ich da noch nebenher Französisch lernen?" Ihre Gegenargumente waren stets so eintönig wie quälend einleuchtend: Sie hatte sich für die Spanischklasse entschieden, er für Französisch. „Und selbst wenn ich wirklich wollte, würde ich von meiner Mutter nie die Kohle dafür bekommen."

„Na ja", sagte er und dachte an Menzels Geldbündel, „vielleicht gibt es ja jetzt eine Möglichkeit."

„Hör mal, Niki, du kannst diesem Verrückten nicht einfach das ganze Geld abziehen. Wenn das auffliegt, landest du vielleicht im Knast."

„Mmmh", brummte er und verzog den Mund zu einem Schmollen, während sie ihre Arme um seinen Nacken legte und ihren warmen Körper wieder an ihn schmiegte. Sie umschlangen sich fest, bis ihre Lippen sich zu einem innigen Kuss fanden. Schließlich löste sie sich und sah ihm tief in die Augen.

„Ich will ja auch mir dir weg, Niki. So weit wie nur irgend möglich. Aber muss es ausgerechnet Frankreich sein? Können wir nicht nach England oder in die Staaten oder sonst wohin?"

Aus Niklas' Augen leuchtete eine Sekunde lang die für ihn einzig mögliche Antwort: Frankreich! Sein Entschluss, Architektur in Paris zu studieren, war unumstößlich. Angst hatte er nur vor einem Fehlschlag.

Lydia bemerkte die Wahrheit in seinen Augen, und das brachte sie aus der Fassung; nur mühsam gelang es ihr, die aufsteigenden Tränen zu unterdrücken.

„Du würdest doch nicht ohne mich weggehen, oder?"

Ihre Stimme zitterte. Sie hob und senkte abwechselnd den Kopf, um die Zeit bis zu seiner Antwort, die schreckliche Phase der Unsicherheit, zu verkürzen.

Obwohl ihre Erwartungen ihn zu erdrücken drohten, nagte Schuld an Niklas. Ein lähmendes Gefühl von Resignation stieg in ihm empor und schnürte ihm die Brust zusammen. Er wusste jetzt, dass es kein gemeinsames Auslandsjahr mit Lydia geben würde. Als sich der giftige Pfeil des Mitleids in ihn bohrte, ergriff er verzweifelt ihre zerbrechlichen Handgelenke und versuchte, die düsteren Wolken zu vertreiben.

„Natürlich gehe ich nicht ohne dich weg! Dafür liebe ich dich viel zu sehr, hörst du?"

„Gott sei Dank!" Gierig trank sie vom Honig seiner Lüge und umschlang ihn fest. „Ich dachte schon, du lässt mich hier hangen."

Da bemerkte Lukas, dass Niklas in den Park gekommen war. Er rannte zu den beiden Liebenden und unterbrach die Zärtlichkeiten.

„Niki, Niki … mein Niki … auf Arm nehmen!"

Niklas streichelte dem Jungen über das rote Haar, nahm ihn auf den Arm und drehte ihn ein paar Runden in der Luft, bis er vor Vergnügen kreischte. Dann spielten Niklas und Lydia eine Viertelstunde lang Fußball mit ihm.

## 5

Ausgelassen stampfte Niklas durch den Herbstwind. Er hob den Kopf, vergrub die Hände in den Hosentaschen und trotzte dem Nieselregen, der sich mit ersten Schneeflocken mischte und von den Bäumen tropfte. Er war auf dem Weg zu Menzels Wohnung. Seine Mutter hatte ihn darum gebeten, sich vorläufig weiter um die Ratten zu kümmern. Von München aus wollte sie Ersatz organisieren, was jedoch bislang erfolglos geblieben war.

Eine Welle von Optimismus durchströmte seinen Körper, weil die erste Stunde mit Constanze, der hübschen Wirtschaftsstudentin, hervorragend verlaufen war. Sofort hatte zwischen ihnen ein Draht bestanden. Sie hatte ihm die Angst genommen, in Mathe ohne Menzel künftig zu versagen. Soweit sich das nach einer Stunde beurteilen ließ, lief es mit ihr sogar besser als mit ihrem Vorgänger.

Die Rattenpflege lieferte Niklas ein Alibi, sich ein weiteres Mal an Menzels Schatzkiste zu bedienen. Überhitzt dachte er in erotischen Tagträumen an das Date am nächsten Tag mit Lydia. Ihn zerfraß die Sehnsucht nach ihrem herrlichen Körper. Durch Rationierung gedachte er ihren zügellosen Umgang mit dem eingetüteten Wahnsinn fortan zu kontrollieren.

Dank der regelmäßigen Pflege fühlten die Ratten sich wohl. Ihr beigefarbenes Fell glänzte, und ihre dunkelroten Augen leuchteten. Während Niklas mit einer Kinderschaufel die Streu aus dem Käfig kratzte, dachte er lächelnd daran, wie ahnungslos die Tiere über Substanzen liefen, für die manche Menschen töten würden.

Als er sich schließlich zu der magischen Kiste vorgekämpft hatte, setzte er sich lässig auf den Boden und legte sie vor sich auf den Beinen ab. Für die aufwändige Betreuung der Nager veranschlagte er ein Honorar von fünfhundert Euro. Immerhin musste er seit zwei Wochen jeden zweiten Tag den weiten Weg hierher nach Mitte auf sich nehmen! Dass von einem der zehn Geldbündel inzwischen ein paar Scheine fehlten, fiel nur bei genauem Zählen auf. Es juckte Niklas in den Fingern, sich einen ganzen Packen in die Tasche zu stopfen. Keine finanziellen Sorgen für die nächsten Jahre! Noch einmal blätterte er die Scheine über seinen Daumen, dann legte er sie mit einem Seufzen zurück.

Abwägend ließ er die Päckchen mit der Aufschrift *Jay* und *Tina* durch die Hände gleiten, kraulte sich das Kinn und kniff sich in die Nase. Wegen der Entdeckungsgefahr verbot es sich, allzu viel von dem Stoff mit nach Hause zu nehmen. Andererseits wusste er nicht, wie lange er noch Zugang zu diesem Eldorado haben würde. Er entschied sich schließlich für fünf Päckchen von jeder Sorte.

Anschließend baute er den Käfig wieder zusammen, füllte Wasser nach und legte Frischgemüse in die Näpfe, an dem die Ratten geschwind zu knabbern begannen. Als die Taschen gefüllt, die Hände gewaschen und alle Lichter bis auf das am Eingang ausgeknipst waren, klingelte es.

Überrascht hielt Niklas inne. Ein paar Sekunden lang schwirrten wirre Gedanken durch sein Hirn, dann drückte er auf den Summer und öffnete kurz darauf die Tür. Er blickte in das Gesicht, das ihn vor zwei Wochen von Menzels Laptop aus angelächelt hatte. Diesmal trug sie statt der roten Dreadlocks eine kurze, schwarze Lockenmähne.

Niklas schluckte und spürte, wie sein Herz zu klopfen begann. Ein intensiver Geruch nach Veilchen und Moschus drang in seine Nase – unzweifelhaft derselbe, den die chinesische Seidendecke verströmt hatte. Himmlisch, dachte er und hätte sie am liebsten gefragt, welches Parfum sie benutzte.

Stattdessen räusperte er sich und quetschte ein „Hi“ hervor. Im selben Moment nahm er sich vor, kühl und unbeteiligt zu bleiben. Seine plötzliche Erregung ärgerte ihn.

„Hi!“ Verstohlen lugte das Mädchen mit dem knisternden Sexappeal in die Wohnung. Ihr graziler Körper mit den sanften Rundungen strahlte eine Sinnlichkeit aus, die Niklas’ Verstand auszuschalten drohte.

„Ist der Tobi noch nicht da?“

„Nein.“

Vermutlich Menzels Freundin, schlussfolgerte Niklas. Dem hätte er nie eine so hübsche Partnerin zugetraut, vor allem keine mit einem solchen Outfit: Sie trug einen ultrakurzen, rosarot karierten Minirock, einen dunkelroten, flauschigen Pullover und eine kurze Lederjacke.

„Darf ich reinkommen?“

„Klar.“ Sein Gesicht überzog ein verlegenes Lächeln.

„Wann kommt er denn?“, fragte sie mit ihrer hellen Stimme.

Zur Antwort zuckte Niklas mit den Schultern. Das liegt am Verlauf der Psychose, dachte er. Und am Ermessen und den Fähigkeiten der Ärzte. Heute würde er definitiv nicht hier auftauchen.

Plötzlich nahm das Mädchen ihn bei der Hand, unkompliziert, zärtlich, Verführung versprechend. Die plötzliche Berührung jagte Niklas einen heißen Schauer durch den Körper.

„Wie heißt du eigentlich?“

„Niklas.“ Möglichst wenig sagen, dachte er, sich treiben lassen. Und abwarten, was passiert.

„Du bist einer von den Partygästen, richtig?“ Neugierig sah sie sich um, als vermutete sie in jeder halbdunklen Ecke weitere Freunde.

Er lächelte sie einfältig an und hatte nicht die leiseste Ahnung, wovon sie sprach.

„Bist nicht so von der schnellsten Sorte, oder?"

„Und du, wie heißt du?", versuchte er Zeit zu schinden.

„Arielle."

„Arielle – echt?"

„Na ja, bei Buymegirl heiße ich so", sagte sie.

„Buymegirl?"

„So ein Portal für nette Kontakte", erklärte sie. „Du, der Tobi hat mich für zwei Monate im Voraus gebucht und bezahlt. Alle zwei Wochen komme ich hierher zum Jour fixe, um ihm seine Einsamkeit zu vertreiben, weißt du? Manchmal bringe ich auch ein paar Freunde mit. Er verwöhnt uns, und wir verwöhnen ihn."

„Arielle, die Zauberfee", stellte Niklas fest und spürte, wie sein Körper schwankte. Buymegirl – ein Escort-Netzwerk!

„Genau." Kichernd nahm sie jetzt auch seine andere Hand und stellte sich dicht vor ihn.

„Wie alt bist du überhaupt?", wollte er wissen.

„Neunzehn."

„Und du?"

„Achtzehn", log er.

Skeptisch zog sie mit einem Finger das rechte Unterlid herunter und grinste.

„Weißt du eigentlich, wo der Tobi seine Glücksmacher gebunkert hat?"

Die Kleine steckt voller Überraschungen, dachte Niklas. Er wunderte sich, wie man jeden Tag dem Irrglauben aufsitzen konnte, die meisten Menschen führten ein ganz normales Leben. Würde in der Realität jeder Süchtige, Schizophrene, Persönlichkeitsgestörte oder anderweitig eingeschränkt Zurechnungsfähige in einer bunten Farbe leuchten, gäbe das ein psychedelisches Stadtbild. Süffisant zog er die Tütchen aus der Tasche und hielt sie ihr entgegen, worauf Arielle denselben gierigen Blick bekam, den er schon von Lydia kannte. Sie griff sich ein Päckchen mit dem weißen Pulver und zog ihn in Richtung Schlafzimmer.

„Wollen wir quatschen, während ich mir ein bisschen die Nase pudere?"

Sie setzten sich auf den Rand des runden Betts. Ohne zu zögern fingerte sie ihr Handy, eine Kreditkarte und einen Fünfzigeuroschein aus ihrer Girlie-Handtasche. Dann riss sie das Plastiktütchen mit dem Kokain gekonnt mit den Zähnen auf und legte sich zwei Lines auf dem Display zurecht. Niklas beobachtete das Schauspiel gefesselt.

Als sie sich geschnäuzt und den Fünfziger zu einem Röhrchen gerollt hatte, sagte sie kichernd: „Angerüsselt." Genüsslich zog sie das Jay in die Nase, in jedes Loch eine Line. Sie rieb sich die Stupsnase und rutschte kribbelig auf der asiatischen Decke hin und her.

„Ah … wow … ahhh!", kommentierte sie ihren beginnenden Trip. „In ein paar Minuten werde ich auf den Mond geschossen – über diese ganze Scheißwelt! Keine lächerlichen Sorgen mehr, nur noch Seligkeit und Euphorie."

Wie von einer geheimnisvollen Energie geführt, hob sie ihren Arm und legte ihn auf Niklas' Schulter, während ihre andere Hand auf seinen Oberschenkel glitt und ihre Lippen sich seinen Wangen näherten.

„Wollen wir schon mal anfangen?", säuselte sie.

Zitternd brachte er kein Wort heraus, sondern genoss nur die vielversprechenden Berührungen. Er konnte gerade so widerstehen, ihr einen Kuss auf das Grübchen zu drücken, das sie ihm aufreizend entgegenhielt.

„Ich habe … eine Freundin“, quetschte er hervor und bereute es im selben Moment.

„Niklas, Süßer, du wirst dich vielleicht dein ganzes Leben an das erinnern, was ich dir zu bieten habe!“ Neckend kniff sie ihn in die Taille.

Er sprang fahrig auf, entschlossen, die Flucht zu ergreifen. Inzwischen machte ihm allerdings eine unübersehbare Erektion zu schaffen, die seine Hose ausbeulte wie ein Zelt. Arielle entging es nicht.

„Ich muss jetzt los“, keuchte er und rieb sich den Nacken. Das Chaos in seinem Kopf verdampfte alle weiteren Worte in seinem Hals. Dazu zählte auch das Argument, noch ein Referat für die Schule vorbereiten zu müssen.

Arielle zog ihren Pullover aus und lehnte sich zurück. Darunter trug sie ein hellrosa Tanktop, das ihre apfelgroßen Brüste nur knapp umschloss. Ihre dunklen Augen schimmerten. Sie lächelte keck, mit einem Schuss Magie, und wippte mit dem Fuß.

Wie angewachsen blieb Niklas stehen; die Knie schlotterten. Seine Augen wanderten über ihre schlanke Taille, den nackten, flachen Bauch, die runden, glänzenden Schenkel. Als ihre Blicke sich trafen, sah sie die Flammen seiner Begierde lichterloh brennen.

„Na, was guckst du denn so?“, fragte sie schelmisch. Und da er nichts zu entgegnen wusste, sagte sie: „Aber wenigstens eine kleine Line kannst du dir doch ziehen, Süßer! Und ich tanze inzwischen für dich. Wir erzählen uns was und haben ein bisschen Spaß. Nur ein bisschen, ohne deiner Freundin wehzutun. Oder bist du etwa eine Spaßbremse?“

Wie ferngesteuert trat er auf sie zu und tastete nach ihren warmen Händen.

„Okay – eine kurze Line Crystal“, sagte er mit vibrierender

Stimme.

„Ja, der Tobi hat wirklich gutes Tina!"

„Wir tanzen aber zusammen, okay?"

„Wie du willst, Prinz Niklas."

Schon lagen die pulverisierten, glänzenden Kristalle auf ihrem Display. Sie waren schick anzusehen in ihrer trügerischen Pracht. Eine Party – okay, log er sich an. An morgen dachte er nicht. Er nahm den Fünfzigeuroschein und zog das Meth durch die Nase.

Nach ein paar Tränen lief der Abgang diesmal besonders bitter den Hals hinunter. Dann kam die Wirkung, und in diesem Augenblick begriff Niklas, wie sehr er dieses unbeschreibliche Gefühl bereits vermisst hatte: Ultimative Wachheit, die Pumpe ackert auf Hochtouren, das Hirn bereit, jedes Problem perfekt zu analysieren. Was kostet die Welt? Alle Unsicherheit wie weggeblasen, das Selbstbewusstsein gepusht bis zum Anschlag …

Weiche Soulklänge flossen aus Menzels HiFi-Anlage. Die Songs inspirierten ihn, Gedanken und Gefühle wandern zu lassen. Plötzlich hatte er ein Gespür für Rhythmen und Melodien wie nie zuvor. Wo er sich sonst sperrig und steif bewegte, schwebte er jetzt geschmeidig über das Parkett, ein geborener Tänzer, ein Gott. Auch Arielle war zum Tanzen geboren. Einfach umwerfend. Perfekt. Ihr Talent paarte sich mit hemmungslosem Lebenshunger. In Leichtigkeit verschmolz sie mit Niklas und der Musik.

„Ich mach jetzt erst mal ein Jahr Pause und hole dann mein Abi nach", sprudelten die Worte aus ihr heraus. „Ich will Sozialarbeiterin in einem Kinderhospiz werden. Kommt wahrscheinlich daher, dass mein kleiner Bruder Leukämie hat."

„Geht es ihm gut?", fragte Niklas besorgt.

„Ja, sieht gut aus mit dem Kleinen. Aber seine Krankheit hat unsere Familie ganz schön durcheinandergewirbelt. Ich hab auch nur noch zwei Freundinnen, mit denen ich klarkomme. Die anderen haben sich alle zurückgezogen. Du verstehst schon, Schatz: Spießer, die den Schwanz einziehen, wenn es mal ernst wird.“ Sie kicherte high. „Aber ich bin sowieso Einzelgängerin. Die meisten Menschen und Themen finde ich einfach viel zu oberflächlich. Wenn ich genug Kohle zusammen hab, steige ich aus, ziehe aufs Land und versorge mich selbst.“

Sie plapperte ein paar Minuten vor sich hin, erzählte von Verschwörungstheorien, Freimaurern und den Illuminati. Oder waren es die Anti-Illuminati? Niklas wusste später nur noch, dass sie solche Sachen liebte.

Sie tanzten, wiegten sich im Rhythmus. Arielle legte ihre Hand auf sein Haar und streichelte ihn, während er die warme Haut ihrer Taille liebkoste. Alles fühlte sich leicht an und angenehm. Frei von allen Sorgen, allen Zweifeln, ließ Niklas sich fallen und erzählte aus seinem Leben: von den Problemen mit Lydias Mutter, mit seinen Eltern, mit Fabian und davon, dass es ihm ebenfalls schwerfiel, Kontakte zu mehr als einem Freund aufzubauen. Spontan schwebte ihm eine große Party vor, zu der er sie einlud.

Irgendwann, nach fünf oder sechs Songs, saßen sie auf dem Bett. Die Nerven der Lust lagen blank. Allmählich warf Niklas den letzten Rest Scheu ab und legte seine Hand auf ihre Schenkel. Routiniert griff sie seinen Hintern, drückte ihn und ließ ihre Finger zwischen seine Beine gleiten. Ihr Gesicht, das er anfangs etwas gewöhnlich gefunden hatte, erschien ihm nun unvergleichlich schön. Vorsichtig benetzte sie mit feuchten Lippen die seinen, bis sie sich zu einem Kuss voller Leidenschaft vereinigten. Ihre wendige, rosige Zunge fand geschickt die seine und befühlte sie neugierig. Minutenlang hingen sie ineinander. Ewige Treueschwüre gegenüber Lydia – dahin in einem Augenblick.

Zärtlich tastete Niklas Millimeter für Millimeter ihre Schenkel ab und begab sich dann auf Entdeckungsreise in höher gelegene Regionen.

Sie schenkte ihm einen willigen Blick und flüsterte: „Ja, trau dich!"

Der Stoff ihres Tangas ließ alles Darunterliegende hindurchschimmern. Genüsslich schob er das Spitzenhöschen zur Seite und tauchte seine Finger zwischen die samtartig prallen Wölbungen. Sanft streichelte er ihren rasierten Hügel, rieb ihr Kleinod, was sie zum Stöhnen brachte.

Er schwelgte in ihren Reaktionen, registrierte jedes Stöhnen. Gemeinsam gerieten sie in einen Rausch, einen sich steigernden Magnetismus der Begierde. Mit kunstfertigen Handgriffen an Nacken und Rücken dirigierte sie ihn, vor ihr auf die Knie zu sinken. Zögernd blickte er zu ihr empor, bis sie sich abstützte und ihren Hintern anhob.

„Na los!", forderte sie ihn auf.

Er befreite sie von ihrem Slip. Ohne Ziererei öffnete sie ihren Schoß, und er vergrub sein Gesicht darin. Ihrer weichen Haut entströmte ein sinnbetörendes Aroma, frisch-fruchtig, ihr individueller Wohlgeruch. Willig überließ sie sich seinen Küssen, die sich von hauchzarten Berührungen von feuchtem Fleisch auf feuchtem Fleisch zu ausgedehnten Erkundungen steigerten. Immer tiefer wühlte seine Zunge sich voran, bis Arielle schließlich anfing, sich auf dem Laken hin und her zu wälzen und laut zu stöhnen. Niklas erregte das süße Vergnügen wie nichts zuvor Erlebtes. Sie schmeckte herrlich süß-sauer, prickelnd-frisch und ein bisschen salzig. Er packte ihren Hintern, drückte ihn, während seine Zungenspitze die obersten Winkel erforschte, alles auskostete und schließlich um ihren Nabel der Lust kreiste. Sie warf sich herum, fluchte ungehemmt und starb unter hellen, nicht enden wollenden Schreien den kleinen Tod.

Beglückt lächelnd stand er auf, legte die Hände auf ihre Schultern und kraulte ihren Nacken. Natürlich wusste Arielle, dass Niklas' Leidenschaft noch nicht befriedigt war. Einen Moment rieb sie mit der flachen Hand an seiner ausgebeulten Hose, dann fackelte sie nicht lange und öffnete Knopf und Reißverschluss. Seine Jeans glitt lautlos mitsamt Slip über Hüften und Schenkel zu Boden.

„Darf ich dir das ausziehen?", fragte er mit einem Wink auf ihr Tanktop. Darauf öffnete sie das hellrosa Teil und schleuderte es elegant hinter sich aufs Bett. Ihre Brüste standen aufrecht, von rosigen Nippeln gekrönt. Mit zarten Berührungen ließ sie sein pochendes Glied darüber streichen. Es bereitete ihr Vergnügen, daran zu reiben, mit seiner steigenden Erregung zu spielen.

Dann erlebte er eine unvergleichliche Wonne, als sie seinen samtigen Schaft in den Mund nahm. Sinnliche Bisse folgten, Saugen, Pressen mit den Lippen, Kitzeln, Vor- und Zurückgleiten. Niklas hatte das Gefühl, dass sie ihn in allen Winkeln ihres Mundes spüren und verschlingen wollte. Hingebungsvoll versank er, schwelgte in nie gekannten Empfindungen. Endlich hielt er es nicht mehr aus, vollführte ein paar kleine Bewegungen mit dem Becken und gab sich seiner Lust hin. Laut schreiend erlebte er den intensivsten Orgasmus seines Lebens. Befriedigt und am ganzen Körper surrend brach er über ihr zusammen, bog seinen Oberkörper über ihren Rücken, schmiegte seine Wange an ihre heiße Haut und küsste sie.

„Da war so genial", schwärmte er, als sie wenig später auf dem Bett lagen.

Inzwischen hatte er den Soul durch Bob Marley ersetzt, das einzig Niveauvolle in Menzels langweiliger Musiksammlung. Erfolglos versuchte er ein Gespräch über Musik, Bücher oder Filme, aber Arielle konnte außer Tratsch über berühmte Schauspieler nicht viel dazu beitragen.

Je tiefer sie vom Gipfel ihres Trips ins Tal hinabstieg, umso langweiliger kam sie Niklas vor. Erst als sie sich eine weitere Prise Koks gezogen hatte, blühte sie wieder auf.

„Jetzt ist der richtige Zeitpunkt“, sagte sie, „um ein paar Freunde zu holen und die Party richtig abzufeiern. So machen wir das mit Tobi immer. Was dagegen, wenn ich Lena und Dennis anrufe?“

„Ja, hab ich“, sagte Niklas bestimmt. Das geschah allerdings mehr aus Reflex, denn sein eigener Wille war längst ausgeflogen. Doch instinktiv verspürte er kein Interesse, seinen sexuellen Horizont im Rahmen einer Orgie zu erweitern. Im Gegenteil: Unbarmherzig, mit leichter Übelkeit und Muskelschmerzen, kündigte sich bereits das Down an. Seine Stimmung sank und irgendetwas Unbestimmtes ärgerte ihn plötzlich.

„Was erwartest du eigentlich vom Leben?“, fragte er herausfordernd.

„Nichts“, gab sie zurück und zog einen Schmollmund. „Ich frage mich manchmal, was das Leben überhaupt für einen Sinn hat. Die tollste Zeit, die Kindheit, ist längst rum. Seit der Schule geht es nur noch abwärts. Nichts mehr mit Freiheit, nur noch anstrengendes Lernen und später Dauerstress für einen Hungerlohn als Sozialarbeiterin.“

„Aber du willst doch im Kinderhospiz arbeiten“, wandte er ein.

„Schon klar, aber ein bisschen Spaß würde ich schon gerne nebenbei haben. Deshalb muss ich mit meinem Nebenjob bei Buymegirl ja auch etwas nachbessern.“ Sie kicherte und schlang ihre Schenkel um die seinen, schmiegte sich an seinen erhitzten Körper. „Ja, warum tue ich mir das eigentlich an? Es ist doch krank, so aufzuwachsen, sich so zu quälen und so enttäuscht zu werden. Wenn ich Pech habe, heirate ich den falschen Mann, der mit Bierbauch vor der Glotze hängt und mir langweiligen Kram über Autos erzählt. Dann werden die Freunde immer weniger, die Krankheiten kommen, und Weiterleben bringt nichts mehr außer noch mehr Leiden. Eigentlich müsste man sich spätestens jetzt eine Kugel in den Kopf jagen, bevor man mit fünfundsiebzig dann Almosenrente kassiert. Dabei wäre das Alter die einzige freie Zeit, mit der man was anfangen könnte."

„Ich glaube, du siehst das alles ein bisschen schwarz", sagte er nachdenklich, „ich bin da optimistischer."

Arielle fand Vergnügen daran, mit den Fingern auf Niklas' Brust und Bauch spazieren zu gehen.

„Was macht dich denn so optimistisch? Die Aussicht, mein Prinz, ist es, mit wenig Kohle, noch weniger Zeit und bescheuerten Leuten um dich rum über eine Scheißwelt zu krauchen!"

„Mir schwebt eine geile, seelenverwandte Partnerin vor und ein Job als Architekt, bei dem ich irgendwann so was wie das Viadukt von Millau entwerfe, worüber dann die ganze Welt staunt."

„Viadukt von …?

„Die längste Seilbrücke der Welt, in Frankreich. Da will ich auch studieren und später dann nach Quebec in Kanada gehen. Von Quebec weiß aber noch niemand was – immer Schritt für Schritt."

Beiläufig streichelte er über die Haut seiner Gespielin und ertastete ihre Rundungen.

„Sag mal, deine Freundin passt wohl nicht ganz in die Kategorie geil?", stellte sie bissig fest.

„Wir werden sehen." Kurz durchfuhr ihn ein schuldhafter Schreck, doch zu einer Analyse, in welcher Situation er sich gerade befand, war er weder fähig noch ließ Arielle dies zu. Sie streichelte seinen Hintern, weitete das neckische Geplänkel aus und animierte ihn, sich ebenfalls wieder erogenen Zonen zuzuwenden. Er genoss es; sein Pegel schnellte wieder höher.

„Komm“, forderte sie, „du ziehst dir auch noch was, und dann zeigst du mir die Galaxis, okay?“

Die Aussicht, sein Verlangen zügellos mit Arielle auszuleben, erstickte alle Zweifel. Inzwischen um die sexuell anregende Wirkung des Crystal wissend, schüttete er sich ein paar Kristalle auf ihr Handydisplay.

„Das ist ja Homöopathie“, neckte sie ihn und schnipste mit den Fingerspitzen gegen die Tüte, sodass am Ende eine fette, etwa drei- bis viermal so große Line bereitstand. „Damn good – ex und hopp!“

Niklas atmete tief aus, senkte den Kopf und zog mit aller Kraft den Stoff in die Nase.

Eine Sekunde später ein Schrei. Seine Nase brannte, als wäre sie mit Säure verätzt worden. Tränen fluteten seine Augen und rannen ihm die Wangen hinunter. Das Stechen im Kopf fühlte sich an wie Hammerschläge. Als er sich mühsam wieder gefangen hatte, begann er ihre Brüste zu küssen, daran zu lecken und zu saugen, gab sein Bestes, um erneut die Kulisse der Lust aufzubauen. Arielle ließ sich von ihm verwöhnen und verwüstete stöhnend das Bett.

„Du nimmst mich schön von hinten, okay, Schatz?“, wisperte sie. „Ich sag dir dann, wie du mich hochbringst …“

Noch einmal wollte Niklas den Kopf in ihren feucht schimmernden Schoss versenken, um ihr Genuss zu bescheren. Das aber verhinderte ein weiterer mörderischer Hammerschlag. Wie ein Donner jagte eine Druckwelle durch seinen überreizten Körper und überflutete ihn mit düsteren Gefühlen, Ängsten und Bildern.

Geschockt warf er sich auf den Rücken, ächzte. Ein Seitenblick auf Arielle steigerte seine Beunruhigung: Das hochgeschobene Schottenröckchen verschmolz mit ihrer Haut zu einer flimmernden Farbhülle. Übelkeit übermannte ihn; alles begann sich zu drehen.

„Los, weiter!", forderte sie ihn auf.

„Ich kann nicht!", stöhnte er.

„Verdammt, machst du etwa schlapp?" Sie setzte sich abrupt auf und starrte ihn feindselig an. „Kotz hier bloß nicht alles voll!"

Niklas hörte ihre Worte wie durch einen Dunstschleier. Brennende Hitze stieg in ihm empor, Hitze, die Angst erzeugte. Schlagartig schnürte eine unbekannte Macht ihm die Brust zu, als wäre eine Steinplatte darauf abgelegt worden. Das Engegefühl hinter dem Brustbein und ein Würgen im Hals ließen ihn nach Luft ringen. Dumpfe Schmerzen strahlten aus in Unterkiefer und linken Arm. Aus der Tiefe seines Gehirns wühlte sich gnadenlos die Ahnung, dass es sich genauso angefühlt haben musste, als sein geliebter Großvater vor zwei Jahren an einem Herzinfarkt gestorben war. Bei diesem Gedanken geriet er endgültig in Panik.

Todesangst verzerrte sein Gesicht zu einer Grimasse, für die Arielle nur ein genervtes Augenrollen übrig hatte. Ein kaum zu kontrollierender Brechreiz zwang ihn, aus dem Bett zu springen. So schnell sein Zustand es ihm erlaubte, stolperte er ins Bad, warf sich über die Kloschüssel und übergab sich.

Indes hatten seine Blutgefäße ihren teuflischen Streich noch nicht vollendet. Eine weitere Schmerzwelle zerriss seinen Brustkorb. Heulend robbte er zur runden Wanne, nahm die Dusche und ließ kaltes Wasser über Gesicht und Oberkörper strömen. Da die brennende Hitze in seinem Inneren nicht wich, stieg er in die Wanne, krümmte sich zusammen, bis sein Kinn die Knie berührte und badete im steigenden Wasser. Dabei sah er aus wie ein Embryo im Mutterleib. Er selbst hingegen fühlte sich, als läge er in einem wässrigen Sarg.

Nachdem das Wasser ihm bis zum Mund gestiegen war und der Schmerz etwas nachgelassen hatte, stieg er mit letzter Kraft aus der Wanne, zitternd, blass wie ein Toter. Als er aufblickte, sah er die inzwischen wieder angezogene Arielle in der Tür lehnen. Geringschätzig sah sie ihn an.

„Mein Gott … tolle Nacht", sagte sie verächtlich.

Getroffen blickte Niklas zu der Stelle, die sie fixierte: Wie ein ausgelaugter Wurm hing sein Penis schlaff an ihm herunter. Trotz seines erbärmlichen Zustandes brachte die Situation in ihm eine Mischung aus Wut und Scham zum Brodeln.

„Komm, mach dich raus!", herrschte er sie mit ausgetrockneter Kehle an.

„Schlappschwanz!", giftete sie zurück und verschränkte die Arme vor der Brust. „So einfach kriegst du mich hier nicht raus. Du schuldest mir noch was!"

„Was denn?", fragte er laut, obgleich seine von der Droge verkrampfte Kinnmuskulatur kurz vor einem Spasmus stand. Er ballte die Fäuste, zu allem fähig.

„Blöder Wichser!"

Unsicher tapste er zwei Schritte auf sie zu, entschlossen, das Problem handgreiflich zu lösen. Er griff sie am Arm und drehte ihn auf den Rücken.

„Ey, du blöder Arsch!", protestierte sie und wehrte sich. Sie kämpften miteinander, stemmten sich mit den Beinen ab, rangen um jeden Zentimeter. Irgendwie schaffte sie es, sich zurück ins Schlafzimmer zu winden.

Da bemerkte Niklas ihren gierigen Blick. Er begriff, kramte die Plastiktütchen mit den Drogen aus seiner zusammengeknüllten Hose und stopfte ihr das Zeug in die Jackentasche. Jetzt ließ sie sich zur Ausgangstür führen.

„Wichser“, keifte sie zum Abschied und trat ihm gegen das Bein.

„Genug jetzt, du Scheißkuh!“

Mit diesen Worten stieß er sie aus der Wohnung.

Zurück auf der Straße, raste Niklas’ Herz jenseits des Limits. Inzwischen hatte der Schneeregen aufgehört. Ziellos und ohne Zeitgefühl irrte er durch die Nacht. Bei jedem Zucken seiner Brust ging er in die Knie und krümmte sich zusammen, vor Panik hechelnd. Um ihn herum war die Stadt stellenweise so still, dass er das Wummern seines Herzens hörte.

Vor Kälte zitternd und ausgetrocknet, schleppte er sich zur nächsten Imbissbude. Seine Zunge klebte ihm am Gaumen, sodass es ihm Mühe bereitete, zwei große Coladosen zu verlangen. Wie ein Verdurstender stürzte er das Getränk hinunter. Dann stromerte er wie aufgezogen weiter um die Blöcke und suchte den Weg nach Hause, den er in Wahrheit gar nicht finden wollte. Die Angst, von Anni in diesem desolaten Zustand entdeckt zu werden und damit seine Drogenstory eingestehen zu müssen, beherrschte ihn.

Auch die Schuld der Untreue klebte an ihm wie Öl. Er hielt sich für das größte Schwein auf Erden, weil er willenlos einer Versuchung wie Arielle verfallen war und die Beziehung zu Lydia riskiert hatte. Er fühlte sich in den Dreck gestoßen, erniedrigt und enttäuscht. Noch immer schwammen vor seinen Augen Bilder ihres rosarot karierten Minirocks, die er mit aller Macht abzuschütteln versuchte. Überhaupt begriff er Arielle jetzt als die billige Versuchung, die sie war und konnte seine eigene blinde Geilheit nicht mehr verstehen. Wahrscheinlich hätte sie ihn in

Menzels Wohnung verrecken lassen, wenn die Umstände es ergeben hätten.

Immer neue Ängste, Selbstvorwürfe und Trugbilder flimmerten durch sein gemartertes Hirn. Er fühlte tiefe Verzweiflung und brach wimmernd in Tränen aus. Mit den Füßen patschte er in die Häufchen aus Schneematsch, die am Wegesrand lagen, riss dabei die Fäuste in die Luft und verfluchte sich selbst. Die Umgebung war ausgeblendet, nur wie eine ferne Brandung drangen die Geräusche vorbeifahrender Autos an sein Ohr. Kurz vor der Wohnung am Park übertönte er den Verkehr auf der Hauptstraße schließlich mit einem Schwur:

„Nie wieder eine einzige Line! Das war das letzte Mal! Das schwöre ich bei meinem Leben!“ Er schrie es hinaus. „Nie wieder … bei meinem Leben!“

Tief in der Nacht schloss er die Wohnung auf und schlich sich in sein Bett. Alles war ruhig – zum Glück. Ausgelaugt und überreizt fand er zunächst keinen Schlaf, respektierte jedoch seinen Körper und wartete. Die Energie in seinen Adern köchelte vor sich hin. Verstört bemerkte er, dass sein eigener Geruch ihm ekelhaft und fremd vorkam. Kraft zum Duschen hatte er jedoch nicht mehr. Je länger er mit aufgerissenen Augen dalag, umso schlechter fühlte er sich. Übelkeit quoll in der Magengegend auf, dazu die abartige Lust auf die nächste Line, um dem Down zu entkommen. Doch sofort legte der Schwur drohend den Finger auf sein Herz.

Brennender Durst zwang ihn schließlich, sich aufzuraffen und in die Küche zu schlurfen. Bleischwer, wie nach einer Narkose, hingen seine Glieder an ihm herab. Er füllte sich einen Krug mit Wasser und trank gierig. Auf dem Rückweg starrte er in den Spiegel im Flur. Er sah ausgemergelt und blass aus, als hätte er dem Tod ins Auge geschaut.

Er vergrub sich wieder im Bett, stöhnte, zuckte, wälzte sich hin und her und versuchte, seinen leergeheulten Augen Tränen abzuringen.

Plötzlich stand Anni in der Tür.

„Alles okay? Ich hab dich heulen gehört."

Ertappt zuckte er zusammen und warf sich zur Wand. Die Angst, sie könnte etwas von seinen Exzessen mitbekommen, überragte alles andere.

„Ich kann bloß nicht schlafen", quetschte er hervor.

Lautlos schob Anni sich näher und setzte sich auf den Bettrand. „Hast du Stress? Willst du reden?"

Wie gerne hätte er sich ihr in diesem Moment offenbart! Stattdessen schüttelte er übertrieben schnell den Kopf und wagte nicht, sie mit seinen riesigen Pupillen anzusehen. Nur seine Hand schob er ihr unter der Bettdecke entgegen. Sie drückte sie kurz.

„Gute Nacht", sagte sie im Hinausgehen.

„Schlaf gut. Ich muss morgen später los. Lass mich einfach liegen."

„Okay."

Nachdem Anni gegangen war, döste Niklas endlich ein. Er träumte, dass er seine Mutter in ihrer kleinen Münchner Wohnung besuchte. Dort starb er unvermittelt während des Kaffeetrinkens an Herzversagen. Seine Mutter und Lydia, die mit am Tisch saß, gerieten in Panik und verbreiteten hektischen Aktionismus. Doch ihre Bemühungen fruchteten nichts; er blieb leblos unter dem Tisch liegen. Beide Frauen waren furchtbar traurig. Erst einige Tage später wurde er in einer Spezialklinik wiederbelebt. Jetzt schockte auch ihn sein eigener Tod und er fragte sich, ob er von nun an immer wieder sterben müsse. Seine Mutter beruhigte ihn. Sie hätte mit ihren Kollegen gesprochen, die meinten, sein Herz vor der Reanimation operiert zu haben. Alles sei in Ordnung. Danach fuhren sie zurück in die Wohnung und tranken mit Lydia den Kaffee zu Ende.

Im Morgengrauen glitt Niklas in einen Tiefschlaf, der bis zum Abend anhielt. Als Anni ihn später wecken wollte, konnte sie ihn nur mit brachialen Mitteln wieder zu Bewusstsein bringen. Eine Schrecksekunde lang erwartete Niklas, dass seine Schwester Rechenschaft für seinen langen Schlummer fordern würde, doch Anni ging davon aus, dass er sich nach der Schule einfach wieder hingelegt hätte. Sie hatte ihn nur geweckt, weil Lydia sich für den Abend angekündigt hatte.

Trotz zwölf Stunden Schlaf fühlte Niklas sich todmüde und körperlich und psychisch am Ende. Seine Muskeln schmerzten wie bei einem extremen Muskelkater. Heftige Halsschmerzen kündigten zu allem Überfluss einen aufkeimenden Infekt an. Mit letzter Kraft hievte er sich gerade in eine sitzende Position, als es an der Tür klingelte.

Wie ein Betäubter schleppte Niklas sich in einem blauen Bademantel zur Tür. Lydia überfiel ihn mit feurigen Küssen auf Gesicht und Stirn, die er im ersten Augenblick als tröstlich empfand.

„Können wir gleich loslegen?“, fragte sie, wobei ihr Körper mit jeder Faser Getriebenheit und Unruhe ausstrahlte.

„Mir geht's nicht so toll“, sagte er mit erstickter Stimme. „Lass uns das auf morgen verschieben.“ Er ließ den Kopf hängen und wagte es nicht, ihr in die Augen zu schauen.

„Aber Nik, Schatzi, ich hab mich so drauf gefreut! Ich bring dich bestimmt wieder hoch, das wird so geil!“, versuchte sie ihn mit gekünsteltem Lachen zu überzeugen.

Verlegen nestelte er am Gürtel seines Bademantels herum, dann zwang er sich, mit einem entschlossenen Blick zu ihr aufzusehen, der sein Nein untermauerte.

„Okay.“ Rastlos wippte sie in den Knien, als müsse sie dringend aufs Klo. Ihre Stirn glänzte schweißig. Schließlich streckte sie ihm die zitternde Hand entgegen. „Dann … dann gib mir wenigstens ein paar Päckchen, damit ich mich alleine trösten kann!“

Die Anspannung seiner Freundin übertrug sich auf Niklas.

„Ich … ich hab nichts mehr“, gestand er ihr nach einem Seufzer.

„Das darf nicht wahr sein!“, sagte Lydia entsetzt, riss die Augen auf und hielt sich die Hände vor das Gesicht. „Nein, nein, sag nicht, dass du mich jetzt auch noch im Stich lässt!“

Er zuckte mit den Schultern. „Ich nehme nie wieder was.“

„Du machst nur Spaß, oder?“

Als er abermals den Kopf schüttelte und ihr seine leeren Hände zeigte, rastete sie aus.

„Scheißkerl!“, zischte sie. „Das geht jetzt überhaupt nicht! Mein mittlerer Schulabschluss … du mieser Scheißkerl! Das kommt davon, weil du nur deine beschissenen Franzosen im Kopf hast!“

Niklas wandte sich um und lugte, ob Anni aus ihrem Zimmer gekommen war und etwas von der Szene mitbekam.

„Sieh mich gefälligst an!“, kreischte Lydia. „Gib mir auf der Stelle das Zeug, sonst war’s das mit uns!“

„Geht’s vielleicht ein bisschen leiser?“, versuchte er sie zur Räson zu bringen. „Captain Jack ist tot, aus, Ende!“ Er benutzte das Drogensynonym, das sie beide aus einem Songtext kannten, um sich nicht vor Anni zu offenbaren oder gar das Wort ‚Crystal‘ herauszuposaunen.

„Scheiße, Niklas, du mieser kleiner Wichser!“

„Ich komme sowieso an nichts mehr ran.“

Wie eine Furie schlug sie schreiend und heulend auf ihn ein: „Scheißkerl! Mieser Wichser! Scheißkerl!“

Die Schläge klatschten auf sein Gesicht. Doch mehr noch als der Schmerz wog die Reue, Menzels Büchse der Pandora je geöffnet zu haben.

In seinem geschwächten Zustand gelang es Niklas nicht, ihre Hände zu bändigen. Das außer Kontrolle geratene Handgemenge wurde erst durch Fabian und Anni beendet, die aus ihrem Zimmer gestürzt kamen.

Keuchend ließ Lydia von Niklas ab und starrte die beiden feindselig an. „Glotzt mich nicht so an! Verpisst euch, wir haben was zu klären!“

Anni sah entschlossen zurück und verschränkte die Arme vor der Brust, während Fabian ebenfalls bereit schien, notfalls Gewalt anzuwenden. Durch ihre bloße Präsenz brachten sie Lydia schließlich zum Schweigen.

Ein paar Sekunden voller Anspannung vergingen, bis sie zu schluchzen begann. In einem finalen Akt der Verzweiflung schubste sie Niklas in den Flur, wo er rückwärts taumelnd von Fabian aufgefangen wurde.

„Scheißkerl ... das ist das Letzte!“

Damit drehte sie sich um und warf die Tür mit einem Knall zu, der die drei Zurückgebliebenen bis ins Mark erschütterte.

# 6

Nachdem Lydia gegangen war, drohten Niklas' Knie zu versagen. Zum Heulen unfähig, kämpfte er mit dem Schock, der wie ein Dolch in seinem Herzen bohrte. Anni dirigierte Fabian mit auffordernden Blick zurück in ihr Zimmer, legte Niklas eine Hand auf die Schulter und führte ihn zum Bett.

Zerstört sank er auf die Matratze und vergrub das Gesicht in den Händen, während Anni ein Glas Milch holte. Sie reichte es ihm und er trank dankbar. Minutenlang saß er mit dem leeren Glas da und schüttelte den Kopf. Anni ließ sich neben ihm nieder und wartete geduldig, bis er wieder ansprechbar war.

Dann fragte sie ihn offen: „Sag mal, seid ihr beide etwa auf Drogen?"

Von der direkten Frage getroffen, setzte Niklas noch einmal das leere Glas an und ließ die restlichen Tropfen Milch auf die Zunge gleiten. Er presste ein halb geräuspertes „Nein" durch die Kehle.

„Captain Jack will get you high tonight." Es klang wie eine Warnung. „Ich spiele Klavier, Niklas. Ich kenne den Piano-Man Billy Joel, und ich kenne Captain Jack. In dem Lied geht es um Heroin! Also, verarsch mich nicht!"

Seine Finger krallten sich in die Decke, der letzte Tropfen Blut wich aus seinem Gesicht. Er nestelte mit dem Bademantelgürtel herum, knetete ihn durch, verknotete ihn, bis sein Körper sich nach vorne verkrampfte.

„Hast du ein Problem mit Drogen?"

Mit bebenden Mundwinkeln wandte er sich ab und schüttete den Kopf.

„Hat Lydia ein Problem damit?"

Diesmal nickte er langsam. Tränen bahnten sich einen Weg

über seine Wangen.

„So ein Mist, Niklas!“, sagte sie, jedes Wort betonend. „Wie konnte es nur dazu kommen?“

„Sie hat es mal probiert, und jetzt …“ Er konnte den Satz nicht vollenden, Schluchzer unterbrachen ihn.

Anni saß eine Weile neben ihm und schwieg. Schließlich sagte sie: „Irgendwie wirst du ihr helfen müssen. Sonst kommt sie da nicht mehr raus.“

„Aber es ist Schluss mit uns, du hast es gehört!“

„Das spielt keine Rolle. Du bist für sie verantwortlich“, sagte sie, stand auf und ging hinaus.

Niklas sah ihr nach und wunderte sich, dass er so glimpflich davongekommen war. Bei der Vorstellung, seine Eltern könnten Wind von der Angelegenheit bekommen, zitterte er. Was ihn betraf, würde alles gut werden. Er wusste, er würde seinen Schwur halten. Dumpf aber saß das Entsetzen über Lydias Abgang ihm in den Gliedern. Die Tragweite ihres Verhaltens abzusehen überstieg seine Kraft. Ein Leben ohne seine große Liebe – unvorstellbar! Wie Hammerschläge auf Metall dröhnten die Gedanken in seinem Kopf.

„Pass mal auf, Bruderherz“, sagte Anni energisch, die plötzlich zurückgekehrt war, „ich glaube dir nicht! Wenn ich dich noch mal in einem Zustand wie letzte Nacht antreffe, greife ich zum Telefon!“

Niklas riss die Augen auf und starrte auf ihren Zeigefinger, der sich drohend auf ihn richtete. Mühsam sammelte er sich, rutschte auf der Matratze hin und her und fragte bebend: „Wen willst du denn anrufen?“

„Alle“, sagte sie prompt, „unsere Eltern, deine Klassenlehrerin, den Direktor, die Polizei … einfach alle!“

„Unsere Eltern?“, rief er panisch. „Scheiße, Anni, Mama wird mich in die beschissene Psychiatrie sperren! Das kannst du doch nicht machen!" Wie ein in die Enge getriebenes Äffchen verschränkte er die Arme um die Knie und zog seinen Körper zusammen zu einer Kugel.

Unverrückbar wie ein Fels stand Anni in der Tür. „Wenn es sein muss, verlass dich drauf!"

In Niklas' Kopf herrschte ein Druck, der ihm die Schädeldecke wegzusprengen drohte und Denken unmöglich machte. Heißhunger und Frösteln führten ihn in die Küche, wo er Bacon, sechs Eier und zwei Brötchen in eine Pfanne warf, sie briet und das buttergetränkte Schnellgericht in sich hineinstopfte.

Danach ließ er in der Dusche minutenlang heißes Wasser über sich laufen. Es spülte zwar seinen scheußlichen Geruch fort, vertrieb aber nicht die Kälte aus seinem Körper. Sogar unter der Bettdecke steigerte sich das Zittern zu einem Schüttelfrost. Das Fieberthermometer, das Anni ihm brachte, zeigte neununddreißig Grad. Beißender Husten bis zum Erbrechen verhinderte einen erholsamen Schlaf. Eine Bronchitis fesselte ihn die nächsten Tage ans Bett.

Am Wochenende klopften mütterliche Finger prüfend über seinen Rücken. Sie hörte seine Lunge ab, schaute in seinen Hals und maß Blutdruck und Herzfrequenz, während Niklas mit der Sorge kämpfte, seine „Hausärztin" könnte bei der Untersuchung Zeichen des Methamphetamin-Missbrauchs feststellen. Das blieb jedoch aus. Frau Doktor Röder besorgte Antibiotika aus der Apotheke, Hustensaft und alles Mögliche gegen die Infektion. Gegen seinen angeschlagenen seelischen Zustand half es nicht.

Kurz vor ihrer Abreise nach München dann setzte Frau Röder sich am Sonntagabend noch einmal zu Niklas ans Bett - mit einer gefährlichen Mischung aus mütterlicher Fürsorge und Missbilligung im Gesicht. Niklas schwante Böses, als sie immer näher rückte und seine Wangen tätschelte. Er ahnte: Sein geplantes Jahr in Frankreich würde wieder das Thema sein. Er fühlte sich wie eine Maus in der Falle.

„Geht es dir einigermaßen, mein Schatz?“

„Nein, es geht mir echt beschissen.“

„Das Antibiotikum muss ja auch erstmal richtig wirken. Das dauert zwei Tage.“

„Mmmh.“

Seine Mutter klimperte mit den Lidern und biss sich auf die Lippe. In den letzten Monaten hatte Niklas mit seinen Eltern Millionen von Argumenten getauscht. Sie sagten, dass er ganz sicher ein Schuljahr verlor, das Risiko eines Scheiterns also immens sei. Die Gastfamilien seien bekanntermaßen häufig eine Enttäuschung, außerdem litten viele Austauschschüler unter Einsamkeit und starkem Heimweh. Die Lieblingsbegründung seines Vaters war, so ein Jahr besser während des Studiums zu absolvieren, natürlich im englischsprachigen Raum. Als Totschlagargument führten sie den „Drogen- und Kriminellensumpf“ in Marseille ins Feld, der bis Aix-en-Provence reichen würde und schon vielen Menschen das Leben gekostet hätte.

Niklas hatte entschieden, sich durchzusetzen, Selbstbewusstsein zu zeigen und seine Entscheidung zu verteidigen. Seine Eltern würden ihre Meinung noch ändern, hoffte er, wenn sie endlich begriffen, wie ernst es ihm war. Also legte er ihnen beharrlich seine Motive dar: die einmalige Gelegenheit, eine neue Kultur und neue Leute kennenzulernen und natürlich eine Fremdsprache fließend zu sprechen, was sich schließlich (wie das Auslandsjahr selbst) immer gut bei späteren Bewerbungen mache …

Trotz aller hitzigen Debatten trauten seine Eltern ihm offenbar durchaus zu, ein solches Jahr durchzuhalten. Letztlich standen sie aber nicht hinter ihm und taten Frankreich als „Spinnerei“ ab.

„Ich wünsche dir gute Besserung, mein Schatz“, säuselte seine Mutter, streichelte ihn und schob dann scheinbar ruhig, aber bedeutungsvoll nach: „Ich möchte, dass du mal über etwas nachdenkst, Niklas, wenn ich nächste Woche in München bin und du dich auskurierst.“

„Über was denn?“ Unwillig zog er sich die Bettdecke bis zur Nase hoch.

„Hast du eigentlich die psychologische Komponente bei der Rückkehr bedacht, wenn du wirklich nach Frankreich gehst?“

„Nein“, stöhnte Niklas.

„Je schöner es im idealisierten Ausland nämlich ist, desto schwerer wird dann der Wiedereinstieg in den grauen deutschen Alltag. Es gab schon Studenten, die danach Depressionen bekommen haben.“

Diese verdammte Psychokacke, dachte Niklas und rollte mit den Augen.

„Du brauchst gar nicht die Augen zu verdrehen, Niklas! Denkst du bei deiner Entscheidung eigentlich auch mal an Lydia oder an uns? Mir kommt es so vor, als ob du nur vor deiner Familie flüchten willst!“

„So ein Quatsch“, begehrte Niklas auf, wobei ihm der Schweiß ausbrach. „Über Lydia mach dir mal keine Sorgen. Im Übrigen weiß ich, dass das Leben hart ist, und wenn es nicht läuft, komme ich damit schon klar.“

Frau Röders Gesicht bebte. Mit zittriger Stimme sagte sie: „Ich sage dir, die Rückkehr wird ein Schock, ein Kulturschock! Also, tu mir den Gefallen und denk bitte noch mal gründlich über alles nach!“

„Momentan kann ich an gar nichts denken."

Als sie gegangen war, begann Niklas allerdings doch zu grübeln. Er fragte sich, warum seine Mutter sich so vehement gegen ein Auslandjahr aussprach, sich wie eine Oberglucke aufführte, aber selbst in München arbeitete. Alle Welt schickte ihre Kinder ins Ausland, das gehörte zum guten Ton. Hing es vielleicht damit zusammen, dass sie für den Herbst des nächsten Jahres ihre Rückkehr nach Berlin plante und dann nicht schon wieder ohne ihren Sohn sein wollte? Wie auch immer – gelten lassen konnte er dieses schwache Argument nicht.

Bronchitis und Drogenkater setzten Niklas bis zum Ende der folgenden Woche zu. Er fühlte sich so krank, dass er fast den Glauben an seine Genesung verlor. Er schlief fast ständig und alles war ihm egal. Selbst Lydias Schweigen.

Anni pflegte den Patienten, verabreichte ihm Tabletten, kaufte regionalen Bio-Kirschsaft, kochte Hühnerbrühe und brachte ihm alles auf einem Tablett ans Bett. In den ersten Tagen redeten sie nicht viel. Bis ein bisschen Gras über die Sache gewachsen sein würde, war Niklas dieser Zustand nicht unrecht. Allerdings schien es, als warte Anni schweigend auf seine Genesung, um ihm dann eine Botschaft mit auf den Weg zu geben. Das verwirrte und beunruhigte ihn zugleich.

Nach zehn Tagen freute er sich über Besuch von Fynn. Der setzte sich auf einen Stuhl neben das Bett, strich sich seine Nerd-Mähne hinter die Ohren und fragte, wie es ihm ginge.

„Beschissen", antwortete Niklas und meinte es so ernst wie selten etwas in seinem Leben.

„Ich soll dich von den anderen grüßen – besonders von Larissa."

Larissa – ja, dachte Niklas und lächelte dünn. Plötzlich sah er in seiner Klassenkameradin einen Hoffnungsschimmer, einen möglichen Ausweg aus der Misere. Immerhin besaß sie nicht zu toppenden Sexappeal und interessierte sich darüber hinaus auch fanatisch für Japan und Mangas.

„Na, dann grüß die Süße mal zurück."

Fynn nickte verlegen und präsentierte dann den Schulstoff der vergangenen Woche in einer gewissenhaft vorbereiteten Mappe, deren Ordnung Niklas verblüffte. Binnen weniger Minuten war er von den Erklärungen seines Freundes so erschöpft, als hätte er sich ein monotones Zweistundenreferat anhören müssen. In seinem Zustand konnte er sich harte geistige Arbeit einfach nicht mehr vorstellen.

„Lass gut sein, Alter", bat er um Schonung, „ich sehe mir das alles an, wenn ich wieder krauchen kann, okay? Aber danke für deine Mühe. Erzähle mir jetzt lieber was Heiteres!"

Also erzählte Fynn von Dingen, die er für heiter hielt: von Photoshop und mindestens zehn anderen Programmen, die ihm auf dem Weg zum Virtual Designer nützlich sein könnten, von Zeichnungen für ein Manga-Storyboard und von Videospielen. Doch Niklas steckte viel zu tief in der Krise, als dass er ihm wirklich hätte zuhören können. Seine Sicht auf die Welt hatte sich eingeengt, reduziert auf die Gefühle Angst und Schuld. Immer wieder fuhr er sich mit der Hand über das Gesicht und sah auf die Bettdecke, kämpfte mit den Tränen, weil er an Lydia denken musste.

„Du siehst gar nicht gut aus, Alter", bemerkte Fynn nach einer quälenden Viertelstunde.

„Ja, weißt du, es ist nicht nur die Scheißbronchitis, die mich fertigmacht."

„Was denn noch?"

Niklas musste schlucken und seine Lippen zitterten. Es kostete ihn Überwindung, weiterzureden. „Ich glaube, mit Lydia ist es aus – wahrscheinlich jedenfalls. Ich fühle mich so leer und finde keinen Ausweg.“

„Mein Gott, warum das denn? Ihr wart doch so verliebt.“ Fynns Augen öffneten sich und er wurde bleich.

„Ist eine lange Geschichte … später.“ Niklas konnte die Tränen nicht mehr zurückhalten. Zudem fürchtete er gutgemeinte Ratschläge, die er auf keinen Fall von Fynn hören wollte, da er solche Themen grundsätzlich umständlich und von der falschen Seite aus anging.

Ein paar Augenblicke schwiegen beide. Dann sagte Fynn: „Das wird schon wieder, Alter. Und wenn nicht, wirst du sie sicher irgendwann vergessen. Außerdem kannst du fast jede andere haben. Larissa zum Beispiel, und …“

Genau diese Sprüche hatte Niklas befürchtet. Warum sagten die besten Freunde immer das Falsche, wenn es so wichtig wäre, das Richtige zu sagen? Hinter den Tränen wurde sein Blick ärgerlich.

„Wenn du meinst“, sagte er scharf. „Bloß, der Scheiß hilft mir jetzt auch nicht weiter, verstehst du?“

„Versuch einfach, für eine Weile die Füße stillzuhalten“, ließ Fynn sich nicht beirren. „Sonst wirbelst du den Grund des Sees nur noch weiter auf. Für dich ist es jetzt wichtig, klare Sicht auf den Grund zu bekommen.“

„Was?“ Niklas Miene versteinerte sich, unter der Decke ballte er die Fäuste.

„Du musst dir den See als deine Gefühls- und Gedankenwelt vorstellen. Wenn es dir gut geht, siehst du den Grund. Doch durch die Trennung ist gerade ein riesiger Stein in diesen See gefallen, der alles ins Chaos getaucht hat. Du siehst dadurch einfach keine klaren Bilder mehr.“

„Mann, Alter, du hast aber auch gar keinen Plan, was?“ Am liebsten hätte Niklas auf seinen Freund eingeschlagen, um ihm seine weltfremden Sprüche auszutreiben. „Durch deinen verdammten See ist gerade ein Mega-Tsunami gefegt, kapiert? Ich strample wie ein Irrer, um nicht zu ersaufen, und dir fällt nichts weiter ein, als Wasser dazu zu schütten?“

„Ganz ruhig. Ich wollte dir doch nur …“

„Lass gut sein!“

„… klarmachen, dass du momentan nicht ganz bei dir bist. Du brauchst für klare Entscheidungen eine klare Sicht auf die Dinge. Und deshalb …“

„Ich war noch nie so bei mir!“, fauchte Niklas und raffte sich aus dem Bett hoch. Fast hätte es ihn wieder zurückgeworfen. Er fühlte sich, als hätte ihm jemand eine Bleiplatte auf den Rücken genagelt.

„Lass uns eine Runde die Füße vertreten.“

Das erste Mal seit der Nacht mit Arielle stand Niklas auf. Mit wackligen Beinen schleppte er sich in Fynns Begleitung in den Park. Er keuchte und schwitzte, aber die kalte Dezemberluft und der Nieselregen auf seiner Haut taten ihm gut. Ihm war in den letzten Tagen die Decke auf den Kopf gefallen.

„Ist alles okay zwischen uns?“, fragte Fynn befangen.

„Klar. Ich bin nur durcheinander, aufgewirbelt, sozusagen.“

Die Schwäche hinderte Niklas an einem längeren Spaziergang. Mühsam tappte er ein paar Schritte durch das Halbdunkel, an das sich seine Augen nur allmählich gewöhnten. Das Licht der Laternen auf der anderen Seite des Parks schnitzte die Umrisse der kahlen Platanen aus der Düsterkeit.

„Wollen wir nicht lieber umkehren?“ Fynns Gesicht spiegelte Sorge.

„Nur noch bis zum Spielplatz“, sagte Niklas.

Nach ein paar Metern hörte er Lydias Stimme. Sie lachte und redete ununterbrochen. Andere Mitglieder der Clique unterhielten sich auch. Der nicht zu ergründende Wortschwall klang wichtig und tiefgründig. Die Stimmung war ausgelassen, Schwaden von Grasrauch wehten zu ihnen herüber.

Niklas fuhr eine Hand aus, um Fynn zu stoppen. Er blinzelte in Richtung Spielplatz. Lydia saß inmitten einer Gruppe von acht Jugendlichen auf Jonas' Schoß. Weitere Details schluckte die Dunkelheit. Am liebsten wäre er im Boden versunken und nie wieder aufgetaucht.

„Tut mir leid", sagte Fynn und legte Niklas eine Hand auf die Schulter, was er als Trost empfand.

Deprimiert schlich Niklas an der Seite seines Freundes zurück zur Wohnung und fühlte, wie die enttäuschte Liebe ihn auszulöschen drohte. Ein Abgrund aus Ernüchterung tat sich vor ihm auf, doch er, Niklas, würde ihn nicht einfach ohne Gegenwehr hinunterstürzen! Er verspürte den Drang zu kämpfen, zu stampfen, Gefühle aufzuwirbeln, die Verzweiflung zu vertreiben. Das würde er so lange tun, schwor er sich, bis er sich sicher sein konnte, alles getan zu haben, Lydia zurückzugewinnen. Larissa eine Alternative? In seinem Inneren winkte Niklas ab.

Nach zwei Wochen hatte Anni ihren Bruder wieder halbwegs aufgepäppelt. Er freute sich jeden Nachmittag auf ihre Rückkehr von der Schule, weil er dann ihrem Klavierspiel lauschen durfte. Das vertrieb die Langeweile und Einsamkeit.

„Get up, get up, get out of bed, let the sunshine fill your head", sang Anni zu Pianocords einen Song, der Niklas aus dem Bett treiben sollte. Der lag eingekuschelt da und sah grübelnd aus dem Fenster. Draußen rieselte Schnee aus trüben Wolken.

Nachdem Anni das Lied regelrecht gehämmert und ihre voluminöse Stimme die gesamte Wohnung durchdrungen hatte, realisierte Niklas endlich, dass die darin enthaltene Botschaft ihm galt. Also hüllte er sich in seinen Bademantel und schlappte nach nebenan.

Anni saß nachdenklich im Schneidersitz auf ihrem Bett. Um sie herum lagen Schulbücher und Hefter, dazu eine Schüssel Biomüsli.

„Geht es dir gut?", fragte Niklas.

„Nö. Ich krepiere gerade zwischen Vorbereitung für die Aufnahme an der Musikhochschule und gutem Abi." Sie hielt ihre flachen Hände ein paar Zentimeter vor die Schläfen. „Wenn das so weitergeht, komme ich noch in die Klapse! Ich brauche einfach ein gutes Abi, um was in der Hand zu halten, wenn es mit der Musik nicht klappt. Der Supergau wäre, durch die Prüfung für die Hochschule zu rasseln."

„Und jetzt hast du auch noch einen Pflegefall am Bein. Himmel, wie schaffst du das alles nur?"

Sie grinste und zuckte mit den Schultern, was nicht wie eine Geste der Ratlosigkeit wirkte, eher wie ein Zeichen, dass sie um ihre Stärke wusste, alles unter einen Hut zu bringen. Niklas bewunderte sie für ihre Zielstrebigkeit und ihren Fleiß. Da sie wie besessen übte, würde sie nicht nur alle Prüfungen meistern, sondern es auch als Musikerin weit bringen, dachte er.

Während er sie ansah, wühlte sie in ihrer schwarzen Mähne herum, bis ihre Blicke sich trafen. Die dunkelgrünen Augen erforschten sein Gesicht. Sie senkte die Augen und nestelte an ihrer Halskette herum. Auf einmal sprang sie auf und setzte sich verkehrtherum ans Klavier. Mit einer Hand spielte sie blind ein paar Noten Mozart, wobei ihr eine Strähne über die Wange fiel. Dann brach sie sich ein Stück Schokolade von der Tafel.

„Hör mal, Bruderherz", sagte sie ernst und unterstrich es mit einer energischen Geste, „der Müßiggang ist vorbei! Du weißt, was du jetzt zu tun hast."

Niklas ahnte, wovon sie sprach. Betreten schluckte er und biss sich auf die Lippe.

„Es ist mir ernst!", ergänzte sie, wobei ihre Nasenflügel bebten. „Ich hätte besser auf euch aufpassen müssen."

„Heute Abend, versprochen", sagte er, kratzte sich am Hinterkopf und schlich davon.

Als erste Mission stand ein letzter Besuch in Menzels Wohnung an. Die Pflege der Ratten hatte auf Bitten seiner Mutter vorübergehend Frau Hörnchen übernommen, die Putzfrau der Familie. Niklas öffnete den Käfigdeckel – und verstand in diesem Augenblick die ständige Litanei seines Vaters über die mangelnde Gründlichkeit von Frau Hörnchen. Zwar lebten die Nager noch, aber aus dem Bau stank es erbärmlich. Widerwillig reinigte er alles und fand die Schatulle unter den Tieren unversehrt. Frau Hörnchen war nie zu ihr vorgedrungen.

Er öffnete den Deckel, nahm das gesamte Geld heraus und stapelte es in eine Kassette, die er auf dem Weg hierher gekauft hatte. Er zog den Schlüssel ab und verstaute den Schatz unter einem Stapel Hemden im Kleiderschrank, sodass Menzel ihn zu gegebener Zeit wiederfinden konnte. Den Schlüssel hängte er an das Schlüsselbrett im Flur.

Ein teures Schweizer Taschenmesser aus der Küchenschublade schien ihm das angemessene Werkzeug für seine nächste Aufgabe zu sein: die Vernichtung der Drogen. Er trug das Holzkästchen ins Bad, stellte es vor das Klo und klappte den Deckel hoch. Seine Finger zitterten, als er das erste Päckchen *Tina* mit der Klinge aufritzte. Plötzlich war sie wieder da, die Lust, sich eine Line zu ziehen.

„Mistkerl!“, schimpfte er und wusste nicht, wem der Fluch galt. Er keuchte, verkrampfte den Arm und ließ das Meth ins Klo rieseln. Das nächste Päckchen hinterher, das übernächste, immer schneller, bis er in Raserei geriet und wild auf die Päckchen einstach. Das Pulver stob auf und er musste sich abwenden, um es nicht versehentlich einzuatmen.

„Scheiße“, schrie er. „Verdammte Scheiße!“

Wohin hatte dieses Zeug, das jetzt klumpenweise im Toilettenbecken versank, ihn und Lydia gebracht? Ihre Beziehung war kaputt, aus und vorbei. Er brach in Tränen aus, denn zum ersten Mal begriff er diese Tatsache wirklich. Am Ende spießte er die beiden großen Pakete auf, als wäre die Messerklinge ein Bajonett in einem Kampf um Leben und Tod.

Dann betätigte er entschlossen die Spülung. Laut rauschend verschwanden Millionen Träume, Wahnideen und Ekstasen in der Kanalisation. Niklas atmete auf. Ab sofort ging ihn das hier nichts mehr an. Die Organisation der Tierpflege würde er am folgenden Wochenende seiner Mutter übergeben.

Draußen sanken weiche Flocken vom Himmel und verfingen sich in seinem Haar. Noch geschwächt von der Bronchitis trabte Niklas durch die schneidende Kälte. Auf den abendlichen Straßen wimmelte es von Menschen, die gut gekleidet und in heiterer Stimmung ausgingen. Ihre Fröhlichkeit deprimierte ihn. Für ihn blieb die Stadt dunkel und bedrohlich. Er fror, die Füße starben ihm ab.

Mühsam kämpfte er sich durch das Gestöber bis nach Pankow. Vor Lydias Haustür trat er gegen die Wand, klopfte sich den Schnee von der Jacke und stockte, bevor er endlich die Klingel drückte. Er dachte daran, wie sie ihn zuletzt behandelt hatte und ob alles wieder so werden konnte wie früher. Verwirrt sah er auf die Wolken seiner Atemluft. Sollte er nicht doch lieber auf die andere Seite des Parks gehen, nach Hause? Nein, schließlich hatte er es Anni versprochen. Also läutete er.

Der Summer gab den Weg frei. Im maroden Hausflur hingen Fotos eines sympathisch aussehenden jungen Mannes. Darunter stand in großen Lettern: „Diesen Mann nicht ins Haus lassen! Vorsicht – Stalker!" Niklas wusste, dass die Porträts einen Jurastudenten zeigten, der Lydia vor einem Jahr ein Parfüm vor die Tür gestellt und ihr einen romantischen Brief geschrieben hatte. Mehr war da nie gewesen, beteuerte sie. Ihre Mutter hatte ihn deswegen verklagt. Der Ruf des Studenten dürfte in dieser Gegend ramponiert sein, dachte Niklas, während er die Treppen des Hinterhauses hinaufstieg.

Frau Weller schob die Tür auf. Der feindselige Blick aus dem feisten Gesicht traf Niklas mit voller Härte.

„Hi", sagte sie überrascht, als hätte sie jemand anderes erwartet. Aus der Wohnung quoll der Gestank kalten Zigarettenrauches.

„Ist Lydia zu Hause?"

Sie schob die Unterlippe vor und blies eine Tolle ihres gescheitelten schwarzen Haars aus der Stirn. „Nein."

„Wo ist sie?"

„Wollte mit 'nem Freund zu einer Party." Der unzufriedene Zug, der sonst ihren Mund umspielte, wich Sarkasmus. In ihren Augen flackerte Gehässigkeit. „Soll ich ihr was ausrichten?"

Gewohnheitsmäßig spähte er in den Flur zu der Stelle, wo das Schlüsselbund für die Sommerlaube hing. Dort hatten sie sich häufig heimlich geliebt. Es fehlte.

„Sagen Sie ihr, wir müssen reden."

Wutschnaubend stampfte er die Treppe hinunter und riss die Fotos des Studenten von den Wänden. Er häckselte sie unter Flüchen in kleine Stücke, warf sie in einen Mülleimer und wünschte Frau Weller in den Schlund einer schwarzen Hölle.

Frischer Schnee knirschte unter Niklas' Schuhen. Strammen Schrittes stapfte er in Richtung Laube. Das Adrenalin hatte die Schwäche aus seinem Körper katapultiert. Er fühlte sich aufgeputscht, fast so, als hätte er eine Line Crystal gezogen.

Der Hass auf Frau Weller verlor sich im eisigen Wind. Stattdessen wuchs die Sorge um Lydia. Er wollte sie wiederhaben, hatte Sehnsucht nach ihr, vermisste sie. Trotz ihrer Probleme bewahrte er den Glauben an eine Lösung und hoffte auf einen guten Ausgang der Nacht.

Sein Weg führte ihn vorbei an einem verwaisten Ausflugslokal, hinein in die Laubenkolonie am Stadtrand. Kühl leuchteten Laternen auf die schneebedeckten Baumkronen. Dann war er da. Schatten fielen auf den vertrauten Bungalow der Wellers. Schummriges Licht aus dem Inneren gerann in vergilbten Vorhängen.

Niklas blieb stehen und lauschte. Eine Schneeflocke blieb an seiner Braue hängen, schmolz wie auf einem heißen Stein. Täuschten ihn seine Ohren? Er hielt beide Hände daran und versuchte, sich zu konzentrieren. Als er Keuchen, lustvolles Stöhnen und Seufzen vernahm, wurde sein Gesicht bleich. Lippen und Kinn zitterten.

Langsam beugte er den Kopf nach hinten und blickte mit weitgeöffneten Augen in den Nachthimmel. Es schien ihm, als höbe er vom Boden ab und flöge den Flocken entgegen. Am liebsten wäre er tatsächlich aufgestiegen und von der Welt verschwunden. Erst eine Handvoll Schnee, die von einem Ast auf seine Schulter fiel, riss ihn aus der Schockstarre.

Ohne weiteres Zögern rannte Niklas auf die Eingangstür zu und warf sich dagegen, sodass sie mit einem Krachen aufsprang. Lydia schrie. Ein nackter Typ rollte sich von ihr herunter auf den

Rücken, Entsetzen im Gesicht. Es war Jonas aus der Parallelklasse. In Sekundenbruchteilen tobte in Niklas' ein Gefühlstornado aus beißender Eifersucht, nie gekannter Demütigung und nicht zu bändigendem Hass.

Jonas richtete sich auf, doch bis in die sitzende Position schaffte er es nicht.

„Mieses Stück!", brüllte Niklas und verpasste ihm mit voller Wucht einen Fausthieb aufs Kinn, sodass Zähne und Knochen knirschten und er zurück aufs Bett fiel. Ein Blutspitzer besudelte das Laken.

Mit einem Kissen verdeckte Lydia ihren nackten, abgemagerten Leib. Die Rippen traten hervor. Sie hielt die Hände vors Gesicht und wimmerte.

Auf dem Nachttisch lag ihr altes Handy, das Display überzogen mit weißen Resten Crystal Meth. Daneben ein angebrochenes Plastiktütchen mit dem Stoff, ein Zehneuroschein und Kondome.

Niklas rutschte in einen Ausnahmezustand. Sein Herz raste. Er hielt ihr das Handy vor die aufgerissenen Augen und schmetterte es durch das zerspringende Fenster hinaus ins Freie.

„Schlampe!", schrie er sie an und trat gegen den Nachttisch.

„Nik, es tut mir so leid", schluchzte sie. „Ich bin nichts wert. Es tut mir so leid …"

„Nenn sie nicht so!", drohte Jonas, der sich jetzt hochgerappelt hatte. Trotz seiner misslichen Lage schien er nach dem Schock bereit, sich zu verteidigen.

Wie einer, der töten will, warf Niklas sich auf den Rivalen und schlug wild auf ihn ein. Er teilte aus, musste aber auch Jonas' blitzschnelle geschickte Schläge einstecken. Dem durchtrainierten Sportler gelang es schließlich, einen Fuß in die Magengrube seines Angreifers zu drücken und ihn über sich hinweg vom Bett zu schleudern. Niklas flog mit den Füßen nach oben und dem Rücken voran in die Fensterscheibe, die endgültig zerbarst.

Die Schmerzen spürte er in seinem aufgepeitschten Zustand nicht. Er sprang auf, doch fast hätte ihn ein Schwindel gleich wieder umgerissen. Als er sich gefangen hatte, sah er noch einmal auf das Elend seiner zerbrochenen Liebe. Dann rannte er davon.

Auf dem Rückweg wunderte er sich, dass er nicht den verliebten Jurastudenten, sondern Jonas mit Lydia erwischt hatte. Was dieses arme Schwein wohl an seiner Stelle empfunden hätte? Dann wunderte er sich über die Absurdität dieses Gedankens. In seinem Hirn herrschte ein einziger Kurzschluss. Jede Analyse der Ereignisse kollabierte. Er bemerkte nicht einmal, dass er genau in die entgegengesetzte Richtung zu seinem Zuhause lief.

Er stoppte, betrachtete sich im Schaufenster und sah seinen desolaten Zustand: Die linke Augenbraue war geschwollen, eine blutverkrustete Schramme zeichnete sich vor dem rechten Ohr ab und insgesamt bot er ein Bild, das an den Meth-Exzess vor zwei Wochen erinnerte. Darüber hinaus schmerzte sein Rücken und fühlte sich feucht verklebt an. So konnte er unmöglich Anni gegenübertreten, obwohl er sich gerade von ihr den dringend benötigten Trost versprach. Angst plagte ihn, sie könnte zum Telefon greifen, die Sache missverstehen.

Verzweifelt und wütend stiefelte er zu Fynn, der in Reinickendorf und damit eine halbe Stunde Fußweg entfernt wohnte. Unterwegs zitterte er vor Kälte und Erregung und heulte zügellos.

„Nik, großer Gott, was ist denn passiert?“, begrüßten ihn Fynn und dessen Mutter. Aus ihrem von strähnig grauen Haaren umrahmten Gesicht sahen ihn Frau Schraders gutmütige Augen an.

Die beiden führten den Gast in Fynns Zimmer, wo er, von Schluchzern unterbrochen, seine Geschichte andeutete: „Lydia … in flagranti ertappt mit einem anderen … Schlägerei … wollte alles wieder kitten, ihr helfen, einen Strich unter die Rechnung ziehen …“

Er wippte mit hängendem Kopf nach vorn, blickte ins Leere und ergänzte zitternd: „Aber die Rechnung war schon bezahlt.“

Seine Niedergeschlagenheit erfüllte den Raum. Sie wirkte beklemmend. Geduldig warteten die Schraders, bis er sich etwas beruhigt hatte. Frau Schrader brachte Gebäck und Tee, von dem Niklas in großen Schlucken trank. Die Wärme tat ihm gut. Immerhin war er über zwei Stunden mit zu dünner Kleidung durch die Stadt gelaufen.

„Schön, dass du zu Hause bist“, sagte er zu Fynn.

„Ich bin immer zu Hause. Ich bin ein langweiliger Typ.“

Niklas lächelte dünn.

„Meine Güte, deine Jacke ist ja zerrissen“, sagte Frau Schrader besorgt. „Und blutdurchtränkt! Ich werde mal sehen, wie ich dir helfen kann.“ Damit verschwand sie.

Der Verletzte sah sich in Fynns Zimmer um. Der Computerbildschirm zeigte ein Bildbearbeitungsprogramm. An den Wänden hingen das Storyboard einer Mangageschichte und virtuose Bleistiftskizzen von Fabelwesen. Sein Freund hatte Talent. Er würde sicher ein guter Virtual Designer werden. Ein Bild fiel ihm besonders auf: ein vierköpfiger Dämon mit Stier-, Menschen-, Schlangen- und Ziegenkopf.

„Wer ist das?“, fragte er.

„Asmodäus“, erklärte Fynn, „ein Dämon aus der jüdischen Mythologie. Er verkörpert Zorn, Gier und Wollust. So was fasziniert mich.“

Den Kloß im Hals schluckte Niklas mit Tee hinunter.

Ein Notfallköfferchen in der Hand, kam Frau Schrader zurück. Sie arbeitete in einem Altenheim als Pflegerin.

„Jetzt zieh mal deine Jacke aus! Ich versorge das." Sie öffnete ihr Equipment und packte Verbandsmaterial sowie eine Jodlösung auf den Tisch.

„Ich verzieh mich lieber", sagte Fynn. „Wenn ich Blut sehe, muss ich kotzen oder falle um."

Vorsichtig pellte sich Niklas aus der blutigen Jacke und zog das Sweatshirt aus. Über seiner linken Schulter klaffte eine fünfzehn Zentimeter lange Schnittwunde.

„Wie ist denn das passiert? Hat dich etwa einer mit dem Messer bearbeitet? Dann sollten wir besser die Polizei verständigen."

„Nicht nötig. Bin bei der Prügelei nur in ein Fenster geflogen."

Fachkundig reinigte Frau Schrader die Wunde mit der Jodlösung. Niklas verzog vor Schmerz das Gesicht. Während sie die Hautränder zusammenzog und mit Steri-Strips fixierte, fragte sie: „Wie lange wart ihr eigentlich zusammen?"

„Fast ein Jahr."

„Weißt du, dass die Bewältigung einer Trennung etwa ein Drittel der Zeit benötigt, die die Beziehung gedauert hat?"

„Aha."

Trotz aller Dankbarkeit empfand Niklas solche Weisheiten im Moment als unpassend. Frau Schrader ließ sich aber nicht beirren und erzählte ihm eine Geschichte. Ihre Geschichte, eine vom Verlassenwerden.

„Mein erster Mann hatte damals eine Affäre mit einer Kollegin. Für mich gab es nur eine Konsequenz: Trennung. Ich litt Höllenqualen. Doch mein Mann wollte die Frau vergessen und von vorne anfangen. Er bereute es zutiefst und hatte Angst, ich könnte ihn verlassen. Ich ließ mich darauf ein, ging mit ihm zur Therapie und so weiter. Und weißt du was? Eines Tages kam ich dann dahinter, dass er mich weiter betrog."

Mit einem Seufzer wandte sie sich der Reinigung der Schramme vor dem rechten Ohr zu, tupfte sie ab und klebte ein Pflaster darüber. Sie drückte Niklas einen Eisakku für die Blessur der Augenbraue in die Hand und fuhr fort.

„Ich hatte keine Kraft mehr. Also ging ich zum Psychologen, um meine gescheiterte Ehe aufzuarbeiten. Besonders zu schaffen machte mir, dass mich nie jemand in den Arm nahm und mich aufbaute. Seit meiner Therapie geht's mir besser, ich bin viel gefestigter. Na ja, ich will dir damit nur sagen, Niklas: Was einen nicht umhaut, das macht einen stärker."

Er sah in ihr trauriges, aschfahles Gesicht und überlegte, wie man das Gesagte damit in Übereinstimmung bringen konnte. Zugleich wunderte er sich über ihre Offenherzigkeit.

„Deshalb habe ich auch jetzt die Kraft, die Phase, in der Fynns Vater aus unserem Leben verschwunden ist, zu überstehen. Ich bin geblieben und kämpfe um meine zweite Ehe. Nicht nur um das Dreieck Vater-Mutter-Kind, sondern auch um mich."

Nach Abschluss der Ersten Hilfe rieb sie sich unsicher die Hände und fummelte mit zusammengekniffenen Lippen die restlichen Steri-Strips zurück in die Verpackung.

„Danke", sagte Niklas.

„Gern geschehen."

Angesichts seiner Verzweiflung und ihrer Verlorenheit überlegte Niklas, wer von beiden tröstende Arme wohl nötiger hatte. Wäre sie ein Mädchen aus seiner Generation gewesen, hätten sie sich vielleicht ergänzt. Doch so konnte Frau Schrader ihm nicht bieten, was er am nötigsten brauchte. Unruhig grübelte er, wie er sich ihrer Fürsorge entziehen konnte. Er wählte den direkten Weg, sprang auf, nuschelte ein paar Dankesfloskeln und hüpfte davon wie ein wildes Tier, das man nach einer Behandlung in die Freiheit entlässt.

Erst nach Mitternacht kam er nach Hause.

„Hab mir schon Sorgen gemacht", sagte Anni und sah mit einem Blick in Niklas' Augen seine Niedergeschlagenheit. Sie machte einen Schritt auf ihn zu, legte die Arme um ihn und streichelte sein wirres Haar. „Ist es endgültig aus?"

Von Schluchzern geschüttelt, nickte er. Ihr hellgrüner Bademantel saugte seine Tränen auf. Er zitterte. In seinen Knochen steckten noch immer Schock und Kälte. Langsam schwanden sie unter ihren Berührungen. Sie lotste ihn auf das Sofa im Wohnzimmer, wo er sich, den Kopf auf ihrem Schoß, ausweinte. Eine Erschütterung nach der anderen erfasste ihn, heiße Wellen aus Traurigkeit. Anni spendete Trost und wartete. Es dauerte, bis tief in seinem Inneren das letzte Beben abgeklungen war. Er fühlte sich ihr nahe und genoss die Wärme ihres Körpers.

Irgendwann fand Niklas den Mut, ihr alles zu erzählen – fast alles. Er erzählte ihr von Menzels vernichteten Drogen, von seinen Erlebnissen mit dem Meth, von Lydias Sucht, für die er die Schuld trug (was für ihn am schwersten wog), von ihrem Verrat und schließlich von der Schlägerei. Nicht chronologisch, konfus sprudelten die Worte aus ihm heraus. Nur Arielle erwähnte er mit keinem Wort. Das wollte er für immer in sich begraben. Am Ende unterstrich er seinen Schwur.

„Das will ich hoffen, Nik", sagte Anni ernst. „Deine Verantwortung Lydia gegenüber ist aber noch nicht vorbei, nur weil sie dich betrogen hat."

„Was?", fuhr er hoch. „Sie hat doch mit diesem beschissenen

Jonas rumgevögelt! Ich will sie nicht mehr sehen! Diese Bilder gehen mir nie wieder aus dem Kopf!"

„Das verstehe ich ja alles. Aber in gewisser Weise seid ihr weiter ein Paar. Früher oder später hätte sie sich den Stoff sowieso anderweitig besorgt und die Sache wäre ähnlich gelaufen. Da trifft dich nur bedingt Schuld. Aber in einer Beziehung gibt es auch Verpflichtungen. Und Loyalität." Einen Moment lang unterbrach sie ihre Streicheleinheiten, blinzelte und ruckelte ihn leicht am Oberarm. „Liebst du sie denn noch?"

„Nach dem, was geschehen ist, muss ich erst darüber nachdenken …"

„Über so was muss man nicht nachdenken, Nik."

Sie sahen sich in die Augen, erforschten einander.

„Natürlich", sagte er. „Ja – verdammt, ich liebe sie noch."

„Es ist schlimm, dass alles, was einem am Herzen liegt, seinen Ursprung im Schmerz hat, findest du nicht?"

Er nickte, hing an ihren Lippen, verstand aber nur halb, was sie meinte.

„Furchtbare Situationen entstehen meist ganz von selbst. Wir geraten einfach in sie hinein. Wir haben keine Macht darüber. Das habe ich auch schon zweimal durchgemacht." Ihre Hand fuhr durch sein Haar. „Aber wenn du die Macht dazu hättest, etwas zu ändern, was würdest du dann tun?"

„Wie meinst du das?"

„Etwas für einen Menschen zu tun, von dem du wollen würdest, dass er es für dich täte, wenn du in seiner Situation wärst und er die Möglichkeit dazu hätte."

Niklas raffte sich auf, setzte sich neben sie, starrte sie an und überlegte.

„Du musst zu ihr gehen!", sagte Anni schließlich nach einer Weile bestimmt. „Zu ihr und ihrer Mutter, um über eine Therapie zu reden. Über Entzug, bevor es zu spät ist."

Ein Abgrund öffnete sich vor ihm bei diesem Gedanken, ein Abgrund, von dem er nicht wusste, wie er ihn überwinden sollte. Er griff sich ein Kissen und presste es mit gekreuzten Armen an die Brust. Dann schüttelte er den Kopf.

„Aber das schaffe ich nicht allein", sagte er, „das schaffe ich nie …"

Die halbe Nacht diskutierten sie. Nach langem Zögern erklärte Anni sich letzten Endes bereit, Niklas auf seinem Gang zu den Wellers zu begleiten. Nach dem Wochenende, ohne Eltern.

Niklas wagte kaum, seine Exfreundin anzusehen. Verfall nagte an ihrem ausgezehrten Körper. Pickel entstellten ihre sonst so zarten Wangen. An den Wänden ihres Zimmers fehlten die Zeichnungen.

„Ich hab die Downs einfach nicht mehr ausgehalten, Nik", erklärte Lydia mit schwacher Stimme. „Die Depressionen wurden so furchtbar, dass ich immer mehr Panik vor der nächsten bekam. Deshalb ziehe ich Crystal jetzt täglich. Ohne würde ich überhaupt nichts mehr gebacken kriegen."

„Aber warum ausgerechnet dieser Idiot?", fragte Niklas. Eifersucht würgte ihm die Kehle zu.

Lydias Blick senkte sich, ihre Lippen zitterten. „Jonas war nur Mittel zum Zweck. Das hätte auch jeder andere sein können. Ob ich je wieder ohne Crystal leben kann, weiß ich nicht. Es ist jetzt mein einziger Begleiter in dieser Scheißwelt."

„Damit muss nun Schluss sein", sagte er.

„Ich kann nicht aufhören, Nik. Ich weiß ohne kaum mehr, wer ich eigentlich bin." Fahrig wippte sie vor und zurück und schob mit bebender Stimme nach: „Das schaffe ich einfach nicht."

„Deshalb sind wir hier", sagte Anni. „Eben weil du alleine da nicht mehr rauskommst."

„Mein Gott", giftete Lydia sie an, „kannst du mal einen Moment für kleine Mädchen gehen oder so? Was willst du überhaupt hier? Wir brauchen keine Amme!"

Die Röders tauschten einen kurzen Blick, bevor Anni das Zimmer verließ.

Kaum hatte die Tür sich geschlossen, fiel Lydia auf die Knie, rutschte zu Niklas und legte ihren Kopf auf seinen Schoß.

„Es tut mir so leid, Nik", flehte sie, während Tränen über ihr Gesicht rannen. „Ich hasse mich so sehr dafür … so sehr. Ich will dich nicht verlieren!"

„Schon okay", quetschte er hervor und streichelte sie. Sein Mund bebte. Auch er weinte.

„Kannst du deine verlorene Lydia noch lieben? Deine verlorene Seele?"

Wie an einem Baum zog sie sich an ihm hoch. Sie umarmten und küssten sich. Dabei mischten sich in ihm Empfindungen zärtlicher Liebe mit dem Gefühl, vor einem Abgrund zu stehen.

„Ja", sagte er endlich. Dann sah er sie fest an. „Kannst du mir von den letzten Wochen erzählen?"

„Das Leben sieht mit Crystal einfach völlig anders aus. Ich komme mir vor wie in einer anderen, schöneren Welt – wie in der Welt, in der ich immer leben wollte. Ohne, ich meine, nur mit dem nüchternen Verstand wäre das unmöglich. Ich habe so unglaublich tiefe Emotionen, so unendlich intensive Gefühle … Ich habe ganz wichtige Erkenntnisse gewonnen und mir ganz neue Denkweisen angeeignet …"

„Red doch nicht so einen Scheiß! Du kämpfst einen aussichtslosen Kampf mit diesem Dreck! Wenn du das nicht kapierst, wird Crystal deine wichtigen Erkenntnisse und dich selbst kaputtmachen!“

„Eine dieser Erkenntnisse war es ja, dass ich in dieser Gesellschaft ohnehin nicht leben kann. Ob mit oder ohne Crystal.“ Sie raufte sich das Haar, kratzte an einem Pickel am Hals und ließ den Kopf hängen. „Aber du hast ja recht: Ich sollte aufhören.“

„Und wie ich damit recht habe!“

„Nur nicht jetzt gleich, Nik“, flehte sie und hängte sich wieder an seinen Hals. „Ich muss erst Kraft sammeln, alles für mich sortieren.“ Wild küsste sie ihn auf Wange und Mund. „Diese Sehnsucht nach unseren schönen Momenten zerfrisst mich einfach, verstehst du? Diese geilen Empfindungen, diese kristallklaren Bilder und unsere Lieder, die uns auf Crystal so viel gegeben haben … Ich klammere mich an jeden einzelnen dieser Momente. Sie sind jetzt Teil meines Lebens.“

„Mein Gott, dieser Scheiß hat dich im Griff und verändert dich. Er macht dich kaputt.“ Niklas drückte sie an sich und streichelte sie. „Meinst du nicht, dass es diese ganzen Emotionen und Gefühle auch ohne Crystal geben kann?“

„Ich weiß nicht“, flüsterte sie, „ich weiß überhaupt nichts mehr.“

„Weißt du wenigstens, ob du mich noch liebst?“

„Na klar, Nik, ich liebe dich!“

„Auch ohne Drogen?“

Lydia sah ihn an und nickte. „Was soll ich nur machen, damit alles wieder so wird wie früher? Ich liebe dich doch so, mein Niki-Schatz! Und ich hatte solche Angst, dass du mich verlässt und ohne mich nach Frankreich gehst!“

„Wenn du mich auch ohne Crystal liebst, dann hör auf. Geh in die Klinik, Lydia, und mach einen Entzug! Bitte! Ich gehe auch nicht ohne dich nach Frankreich, versprochen!“

Ihre Antwort war ein langgezogenes Stöhnen. Sie sah ihn

skeptisch an. „Wirklich?“

„Rede erst mal weiter“, munterte er sie auf. „Wir finden einen Weg. Ich werde immer bei dir sein.“

„Okay.“

Inzwischen sprach Anni in der Küche mit Lydias Mutter. Frau Weller saß bei der Konfrontation mit der Drogensucht ihrer Tochter zunächst nur da, rührte sich nicht, rauchte und trank Espresso. Sie hasste diese Nachricht, die nicht in ihre Wirklichkeit passte. Seltsam starr sah sie Anni an, aus Augen, so dunkel wie stille Weiher. Sie weinte nicht. Konnte sie überhaupt weinen?

„Dieses kleine Luder!“, spie sie schließlich aus. „Wie habe ich mich ein Leben lang für sie aufgeopfert! Niemand hält das aus, was sie anrichtet. Und jetzt auch noch das: Drogen! Nachdem sie hier alles zugrunde gerichtet hat.“

Anni schüttelte den Kopf. „Ihre Tochter muss in die Klink, Frau Weller. Sie muss einen Entzug machen. Alleine kommt sie da nicht raus.“

Frau Weller sah sie entgeistert an. Dann sprang sie auf und rannte in Lydias Zimmer.

„Du warst schon immer schwer zu erziehen“, wütete sie los, „aber jetzt Drogen, das ist der Gipfel! Wie soll ich mit dir noch zusammenleben, wenn du dir sogar deinen Abschluss versaust? Wenn du dir selbst alles kaputtmachst?“ Drohend hackten ihre Arme und Zeigefinger auf Lydia ein. „Gnade dir Gott, wenn du keine Therapie machst! Dann lasse ich dich und deine Junkies verhaften und übergebe den Fall dem Drogendezernat! Ich habe da die besten Kontakte!“

Lydia durchlitt die Tirade mit Händen über dem eingezogenen Kopf. Nach dem Schock ballte sie die Fäuste und stürzte wie eine Furie auf Anni los, bereit, sie zu schlagen.

„Du Verräterin!“, kreischte sie.

Niklas sprang dazwischen und verhinderte die Attacke, indem er Lydias Arme festhielt. Das bereitete ihm diesmal wenig Mühe, denn Lydia fehlte einfach die Kraft. Aufgelöst wich sie zurück.

„Lass mich los, du Idiot!", schrie sie. „Haut ab! Haut alle ab! Lasst mich in Ruhe!"

Die Geschwister warfen sich verstörte Blicke zu.

„Glaub nicht, ich hätte davon nichts gewusst", brüllte Frau Weller. „Glaubst du wirklich, ich brauche erst jemanden, der mir das zuträgt? Glaubst du, ich hab keine Augen im Kopf?"

„Lügnerin! Du hast dich doch nie für mich interessiert!"

„Das habe ich immer, aber für deine Scheißsucht bist alleine du verantwortlich, mein Kind!"

„Nenn mich bloß nicht mein Kind, du blöde Kuh! Oder ich muss kotzen! Du hältst dich wohl wieder für besonders schlau, was? Du hast mich ein Leben lang nur kritisiert und mir erzählt, wie ich mich zu fühlen habe und was ich dir schuldig bin! Du hast immer nur an dich gedacht, um vor anderen gut dazustehen. Du kotzt mich so an!"

Der Hassausbruch kostete Lydia Energie. Schluchzend sank sie aufs Bett.

So etwas wie ein Lächeln spielte in Frau Wellers Gesicht. Weidete sie sich etwa am Schmerz ihrer Tochter? Niklas war fassungslos.

„Du hast ja gar keine Ahnung, wovon du sprichst", entgegn te sie schließlich kühl.

„Hau ab, ich hasse dich!"

Überraschenderweise flossen auf diese Äußerung hin Tr bei Frau Weller. Ohne Schluchzer, als bemerkte sie gar dass sie weinte. Dicke Tropfen hinterließen durchsichti cken auf ihrer Bluse.

„Schon klar", presste sie hervor, „du liebst mich nic

du tust trotzdem, was ich sage. Sonst wirst du es bereuen, das verspreche ich dir!"

Lydia weinte jetzt zügellos, war in sich zusammengefallen. Tränen und Rotz liefen in Schlieren über ihre eingefallenen Wangen.

„Und noch was, mein Kind", setzte sie nach, „du sagst mir jetzt sofort, von wem du das Zeug hast!"

Niklas' bleiches Gesicht spiegelte Panik wider. Er sah zu Boden, kauerte sich zusammen und verspürte den Drang zu flüchten. Dann hob er vorsichtig wieder den Blick und sah Lydias tränengetrübte Augen.

„Marlene Zaritzki", sagte sie schließlich. Mit einem Augenaufschlag versprach sie Niklas Schweigen.

„Die werde ich zur Verantwortung ziehen und ihre Eltern verklagen. Verlass dich drauf!", schwor Frau Weller.

Die Zaritzkis waren beide Anwälte in einer großen Kanzlei.

„Und jetzt pack deine Sachen, Lydia. Wir fahren in die Klinik."

## 7

Bei der Aufnahme in die Jugendpsychiatrie folgte Lydia wie willenlos den Anweisungen und Ausführungen ihrer Mutter. Sie sagte fast nichts, denn sie fühlte sich körperlich zerstört und zersetzt von Angst. Doktor Isberner, die Therapeutin, meinte, das sei nicht schlimm. Für Gespräche stünde während ihres Aufenthaltes noch genug Zeit zur Verfügung. Anderen Jugendlichen erginge es ähnlich. Ihre Mutter müsse übrigens ebenfalls einen Beitrag dazu leisten, um sie clean zu bekommen.

Frau Weller riss die familiäre Situation an: Scheidung und Schulden, für die ihr Mann die alleinige Verantwortung trage. Sie sei in großer Sorge um Lydia und hilflos angesichts ihrer Labilität, Überempfindlichkeit und des Drogenproblems. Warum Lydia sich ihr gegenüber so hasserfüllt und verletzend verhalte, begreife sie nicht. Ihrer Meinung nach bräuchte sie dringend eine Psychotherapie – nicht nur wegen der Sucht.

Nach Einnahme des ersten Medikamentencocktails führte eine Schwester Lydia auf ihr neues Zimmer, das sie mit einem Mädchen namens Zarah teilen würde. Zarah schlief. Lydia legte sich in ihr Bett und versuchte ebenfalls zu schlafen, weinte aber, bis ihr Kissen von Tränen getränkt war. Wie eine gefangene Raubkatze stand sie wieder auf, schlich sich aus dem Zimmer und tigerte über den nächtlichen Stationsgang – verschwitzt, verspannt, mit aufgerissenen Augen und rasendem Herzen. Die Nachtschwester fand sie schließlich, schickte sie zurück in ihr Zimmer und gab ihr ein Schlafmittel und Ohrstöpsel wegen der schnarchenden Zarah. Doch alles half nichts. Lydia setzte sich an den Tisch, blätterte in Illustrierten und döste erst eine Stunde vor dem allgemeinen Wecken ein.

Frau Doktor Isberner und Schwester Birthe, eine Bezugsbetreuerin, sprachen am nächsten Tag mit ihr. Der physische Entzug werde nicht kalt stattfinden, sondern warm, erklärte die Ärztin Lydia. Das bedeute, dass die auftretenden Entzugssymptome mit bestimmten Medikamenten gelindert würden. Der warme Entzug dauere in der Regel drei Wochen und sei medizinisch das geringste Problem.

„Einmal pro Woche sprechen wir allein miteinander“, kündigte sie an, „um alles aufzuarbeiten und dich auf die Entwöhnungsbehandlung vorzubereiten. Die wird nötig sein, damit du drogenfrei leben kannst.“

„Entwöhnungsbehandlung?“, fragte Lydia erschrocken. „Wie lange dauert denn so was? Und wo wird das stattfinden?“

„Das dauert mindestens ein Vierteljahr. Wir versuchen immer, nach dem Entzug eine nahtlose Verlegung in eine geeignete Einrichtung zu ermöglichen. Wahrscheinlich geht es in die Klinik nach Storkow.“ Frau Doktor Isberner lächelte verständnisvoll und ergänzte: „Ich finde es gut, dass du gleich nachfragst, Lydia. Wenn es was Dringendes gibt, kannst du zwischendrin immer zu mir kommen. Sieh die Station als eine von vielen Straßen in Berlin, in der besondere Menschen wohnen, ein besonderer Ort, der dich vor Schlimmerem bewahrt und wieder aufbaut.“

Angst drohte Lydia den Atem zu nehmen, sie kämpfte mit den Tränen. Als Schwester Birthe sie über die Stationsordnung und die zahllosen Regeln aufklärte, kam es ihr vor, als hätte sie vergessen, die Ohrstöpsel herauszuziehen. Alles klang dumpf, unwirklich. Die Betreuerin informierte sie über Essens- und Fernsehzeiten sowie über das Gewalt- und Handyverbot. Letzteres fiel nicht ins Gewicht, sie hatte ja keins mehr. Dafür gab es ein Patiententelefon, das sie jeden Abend benutzen durfte. Geschockt war sie von der unerwarteten Regel, während des Entzugs keinen Besuch empfangen zu dürfen. Lydia horchte erst wieder auf, als Schwester Birthe von der Klinikschule redete.

„Es gibt hier eine Schule? Echt?"

„Natürlich", sagte die Betreuerin einfühlsam, „du sollst ja möglichst nichts verpassen."

„Dann kann ich hier und in Storkow auch meinen mittleren Schulabschluss machen?"

„Na klar, meine Kleine, auch den MSA kannst du schaffen."

In den folgenden Tagen lebte Lydia sich rasch auf der Station ein. Sie aß und schlief regelmäßig und nahm an der Physiotherapie teil, was ihrem entkräfteten Körper guttat. Unter der Therapie schwanden langsam ihre Depressionen, und sogar der intensive Drang nach Meth wurde schwächer.

Lydias Furcht, nicht in die Gruppe integriert zu werden, erwies sich als grundlos. Sie schloss schnell Freundschaft mit ihrer siebzehnjährigen Zimmergenossin Zarah, die bereits ihre zweite Entgiftung durchlief. Mit ihr konnte sie wunderbar reden.

„Kurz vor meinem Rückfall", erzählte Zarah, „hat mein Freund mit mir Schluss gemacht. Der war mir unter Crystal total egal, genauso wie Familie und Schule. Ich fühlte mich wie ein Adler, den man freigelassen hat, der wieder mit Spaß am Leben durch die Lüfte segelt. Mit meinen Crystal-Freunden hatte ich nächtelang unbeschreiblich geilen Sex. Wir waren ständig am Ficken, wobei es die Typen am Ende allerdings nur noch mit Viagra brachten. Ich konnte nicht genug bekommen."

„Ja, die Orgasmen auf Chrystal waren einfach der Wahnsinn", berichtete Lydia. „Aber diese Depressionen und Schwächeanfälle vor der nächsten Line haben mich fertig gemacht."

„Wem sagst du das? Zwischen meinen Crystal-Phasen wog ich gerade mal achtundfünfzig Kilo, dabei bin ich einssechsundsiebzig! Mittlerweile wiege ich nur noch fünfundvierzig Kilo. Sieh mich doch an", sagte Zarah und deutete auf ihre spindeldürre Taille. „Ich sehe aus wie ein magersüchtiger Junkie. Und überall diese Scheißpickel, die ich ständig aufkratzen könnte." Wütend raufte sie ihre rotbraune Wuschelfrisur.

„Ja, die Pickel haben mir auch den Rest gegeben", gab Lydia zu. „Aber meistens fühlte ich mich einfach nur zum Kotzen. Ich hatte keinen Bock mehr auf das Leben mit seinen Problemen. Gedanken an meine Mutter, die Schule oder den Stress mit meinem Freund machten sofort Panik. Ich bin froh, dass ich jetzt hier bin."

„Am Ende bin ich dann richtig in ein Loch gerutscht", erinnerte Zarah sich mit düsterer Stimme. „Ständig saß ich wie geistesabwesend im Unterricht und kapselte mich sogar von meinen Crystal-Freunden ab. Einmal bin ich in der Schule total abgeklappt, weil ich tagelang vergessen hatte zu essen. Keiner hat was geschnallt. Am liebsten war ich alleine. Aber dann wurde ich wieder schreckhaft und bekam Schiss vor der Dunkelheit …"

Einen Moment schob sie die Zunge heraus, befeuchtete ihre Lippen und rieb sich mit der Hand über die Wange. „Kurz, wegen dieser ganzen Paranoia habe ich den Entschluss gefasst, endgültig aufzuhören. Meine Psychiaterin hat mich hier eingewiesen, auf meinen Wunsch. Und wie war es bei dir?"

„Ach, die Erinnerungen an die letzten Wochen sind von so einem dicken Nebel umgeben … Alles ging so furchtbar schnell."

„Du kneifst", bohrte Zarah nach und stupste sie in die Seite.

Daraufhin erzählte Lydia ihrer neuen Freundin die traurige Geschichte, wie sie in die Klinik gekommen war.

„Ich habe keinen Schimmer, ob ich es diesmal schaffe", sagte Zarah. „Dabei wünsche ich mir nichts mehr, als wieder clean zu sein, ein normales Leben zu führen und vielleicht doch noch Jura zu studieren. Aber das wird schwer. Früher war ich Klassenbeste. Heute habe ich schon Probleme mit einfachsten Kopfrechenaufgaben und vergesse jeden Text sofort wieder."

„Du, ich schäme mich so", sagte Lydia, biss sich auf die Unterlippe und blickte auf ihre Handflächen. „Ich habe richtig Angst, meinen Freunden und anderen zu beichten, wo ich gelandet bin."

„Wer das nicht akzeptiert, taugt eh nichts."

Als erste Reaktion auf Lydias Drogenproblem brach Niklas' Mutter in Tränen aus. Zügig leerte sie eine Flasche Rotwein mit ihrem Mann – zur Beruhigung, wie sie sagte. Dabei erfuhren die Eltern nur die Fakten, die schon auf dem Tisch lagen. Über Niklas' Beteiligung hörten sie nichts. Seine Mutter hatte Angst, ihr Sohn könnte ebenfalls irgendein Teufelszeug nehmen und in Schwierigkeiten geraten. Argwöhnisch untersuchte sie seine Pupillen und war von einem Urintest erst abzubringen, nachdem er ihr zehnmal versichert hatte, dass Lydia momentan auf Entzug sei und er mit Drogen nichts zu tun habe. Daraufhin bedankte er sich bei ihr sarkastisch für ihr Vertrauen.

Niklas' Mutter war kurz vor Weihnachten wild entschlossen, sich mit Frau Weller zu treffen. Mehrere Telefonate führten allerdings zu nichts. Sie sei mit ihren Anliegen an „dieser Psychopathin" abgeprallt wie ein kreativer Kopf an einer Amtsstube, berichtete sie. Da Frau Weller nicht zur Kooperation bereit war, kontaktierte sie Lydias leiblichen Vater in Köln, um eine Schulkonferenz über Sucht ins Leben zu rufen. Doch der verwies darauf, dass Stress ihn an einer Reise nach Berlin hindere. Also kündigte Niklas' Mutter Vorträge auf Elternversammlungen an, die sie notfalls allein halten wollte. Dem Wahnsinn müsse offen Einhalt geboten und der Kampf an allen Fronten geführt werden. Sofort kam auch Gras auf die Antidrogen-Agenda.

Niklas horchte erst wieder auf, als seine Mutter meinte, Lydia würde es aufgrund ihres zerrütteten Elternhauses und des Alkoholismus ihres Stiefvaters schwer haben, die Sucht zu besiegen. Am liebsten hätte sie ihm den Umgang mit ihr einfach verboten.

Wie immer prägten Stress und anstrengende Rituale das Weihnachtsfest. Die Großeltern reisten an. Am ersten Weihnachtsfeiertag gab es Gans, am zweiten Ente. Heiligabend durchbrachen Anni und Fabian die eingerosteten Bräuche, indem sie ein Hauskonzert darboten. Anni legte Niklas ein Handbuch über Drogen unter den Tannenbaum, das er rasch im Regal verschwinden ließ. Sie widmete es ihm mit folgenden Worten:

*Zu Weihnachten von Deiner Schwester.*
*Dieses Buch soll Dich ewig an Deinen Schwur erinnern. Ich bin immer für Dich da. Du schaffst das!*

Ausgerechnet am zweiten Weihnachtsfeiertag, während des Festessens, bekam Niklas einen Anruf von Menzel. Den hatte er völlig vergessen. Er war über Weihnachten aus der Psychiatrie entlassen worden und sollte anschließend in einer Rehaklinik untergebracht werden – Abteilung für Abhängigkeitserkrankungen.

„Du kleine durchtriebene Mistsau!“, herrschte Menzel ihn ohne Gruß an. „Wo hast du mein Zeug gelassen?“

Niklas wich die Farbe aus dem Gesicht. Er holte tief Atem, stieß ihn langsam wieder aus und versuchte, sich nicht an dem Stück Ente zu verschlucken, auf dem er gerade kaute. „Moment“, stammelte er und stahl sich mit dem Handy in der Hand in sein Zimmer. Die Familie blickte ihm ratlos hinterher.

„Ich … äh …"

„Jetzt mach mal Nägel mit Köpfen, Genius! Konzentriere dich oder ich komme auf der Stelle vorbei und schneide dir den Schwanz ab, verstanden?"

Die Wucht der Drohung ließ Niklas zum Bett taumeln. „Also, der Stoff … Ich dachte, Sie brauchen den ja jetzt nicht mehr, und …"

„Bist du komplett irre geworden?" Menzels Stimme klang schneidend, gleichzeitig wie zugenebelt von Psychopharmaka und den Überbleibseln seiner Psychose. „Du blöder Wichser, weißt du, wie viele Kunden mir im Nacken sitzen, du Arsch? Also, wo ist mein Zeug?"

„Ich … also … hab ich der Toilette runtergespült."

„Du bist fällig!", schrie Menzel. „Nein – du bist richtig fällig! Das waren mindestens fünfzigtausend Euro! Ich komme mit meinem Rappen und einem großen Besen zu dir geflogen, und dann räume ich auf, verlass dich drauf!"

Niklas rutschte auf dem Bett hin und her und versuchte, seine Panik zu unterdrücken. Wenn Menzel hier aufkreuzte, gab es einen Riesenskandal und er flog auf. Oder dieser Psychopath würde ihn abschlachten, oder … oder was auch immer. Konzentriere dich, dachte er, konzentriere dich! Immer die Ruhe!

„Dann gehen die Fotos von dem Stoff, die ich gemacht habe, direkt zur Polizei." Niklas' Stimme bebte, als wäre sie an einen Elektrostimulator angeschlossen. „Ich habe sie bei einem Freund deponiert … Wenn mir was passiert, dann …"

„Du hast wohl zu viele Krimis geglotzt, was? Das glaube ich dir einfach nicht, denn dann wärst du wirklich ein Genius. Bist du aber nicht!"

„Ich kann Ihnen gerne ein paar Fotos per WhatsApp schicken."

„Heidewitzka – du mieses Stück Scheiße!" Menzel prustete. Trotz der Unwahrscheinlichkeit von Beweisen gegen ihn blieben die imaginären Fotos nicht ohne Wirkung. Sie erinnerten ihn vermutlich daran, dass es Zeugen gab.

„Und wo ist mein Geld? Hast du das auch ins Klo gekippt?"

Niklas sagte ihm, wo er das Geld deponiert hatte.

„Wenn auch nur ein Cent fehlt, dann … Na ja, wenn ich rauskomme, rechnen wir beide sowieso miteinander ab, machen reinen Tisch, Genius!"

Den Rest der Tiraden seines Exlehrers kappte Niklas, indem er einfach auflegte. Verstört schlich er zurück zum Festmahl. Doch der Appetit war ihm vergangen.

Den Jahreswechsel verbrachte Familie Röder im Öko-Hotel Haferland auf dem Darß. Nach dem Telefonat mit Menzel war es Niklas mehr als recht, eine Weile aus Berlin zu verschwinden. Das Hotel sei der richtige Platz, wie seine Mutter meinte, um bei Bioessen, Wellness und Sport einmal die Seele baumeln zu lassen und den Alltag zu vergessen. Genau das brauche ich jetzt, dachte Niklas. Anni tourte mit Fabian und ihrem Orchester inzwischen durch Bayern. Das bedauerte er. Wie auch zu Lydia hatte er in den nächsten Tagen nur Kontakt zu ihr über das Handy.

Bereits am ersten Nachmittag zweifelte Niklas, ob das mit der entspannten Auszeit in seiner Situation das Richtige war. Er sollte im Hotelpool zwischen älteren Herrschaften herumpaddeln – und natürlich Bücher der Weltliteratur lesen, so die Vorstellung seiner Mutter. Inzwischen regenerierten sich die Eltern in Gesundheitsscheune und Sauna.

In der chlorgeschwängerten Luft des Schwimmbads tobten die Erinnerungen an die vergangenen Wochen durch Niklas' Hirn, und manchmal stach es unerklärlich in der Herzgegend. Er hatte Angst, als Spätfolge des Meth vielleicht doch noch an einem Herzinfarkt zu sterben. Selbst nachts ließen die vergangenen Ereignisse ihm keine Ruhe, was ihm morgens beim Langschläferfrühstück auf den Appetit schlug.

Nach dem morgendlichen Büfett fläzte Niklas sich meist in die Lobby, checkte seine Mails und spielte Candy Crush, um sich abzulenken und eine Strategie für den Ferientag zu finden. Verzweifelt suchte er eine Alternative zum elterlichen Langeweileprogramm und fand sie schließlich in Paul, einem schüchternen Typ seines Alters. Sie verabredeten sich zu einer Fahrradtour über die Halbinsel. Dabei sprachen sie wenig miteinander. Eigentlich beteiligte Paul sich nur am Radeln, weil seine Eltern ihm das Smartphone entzogen hatten. Paul würde zu viel daddeln, argumentierten sie.

Der Winter hatte sich in Regionen nördlich des Polarkreises zurückgezogen. Es war frühlingshaft warm und die Sonne schien von einem wolkenlosen Himmel. Die Jungs zuckelten durch den kahlen Wald in Richtung Weststrand, vorbei an knorrigen Buchen und Erlenbrüchen, wo hier und da eine von Pilzen und Moos überkrustete Baumruine gen Himmel ragte. Der dicke Paul war erleichtert, als sie endlich den Strand erreichten, wo ihnen das grünblau schimmernde Wasser und der weiße Sand entgegen leuchteten. Am Waldrand lagen bizarr geformte Bäume, die der Sturm auf den Strand geworfen hatte. An einem Stamm rasteten sie und lauschten der Brandung.

Niklas schoss ein paar Fotos und hängte sie an eine SMS für Anni. Die Geschwister schrieben sich oft Nachrichten, kleine Aufmerksamkeiten, um sich ein gutes Gefühl zu geben. Wenig später rief sie an und erzählte ihm, dass es während der Orchesterfahrt Streit mit Fabian gegeben hatte. Ihre Beziehung stand kurz vor dem Aus, was Niklas, obwohl er Fabian verachtete, leidtat. Er versuchte Anni aufzumuntern, ihr etwas von dem zurückzugeben, was sie ihm gegeben hatte. Doch es misslang, weil sie zu tief in der Krise steckte.

Er leckte sich über die salzigen Lippen, lauschte den Wellen und spürte plötzlich, wie eine tiefe Traurigkeit ihn übermannte. Paul tippte Niklas auf die Schulter und bat darum, ein Weilchen auf seinem Smartphone zocken zu dürfen. Niklas erfüllte ihm den Wunsch, legte sich in den Sand und schloss die Augen. Während Möwen über ihm schrien, hoffte er einzuschlafen und für eine Weile nicht die Unerträglichkeit des Lebens ertragen zu müssen. Aber auch das misslang. Immer wieder sah er hinauf zu Paul, der mit gesenktem Kopf auf das Display starrte und dessen lange Haare über die Wangen gerutscht waren.

Verwirrt bemerkte Niklas, wie eine Leere über ihm zusammenschlug. Unsichtbar breitete sie sich über den Strand aus und zog landeinwärts wie ein heimtückischer Nebel. Das Gefühl überwältigte ihn, und auf einmal vermutete er diese Leere und Sinnlosigkeit überall, in jedem Menschen und an jedem Ort. Und dann füllte sie sich mit Dingen, von denen er glaubte, sie hätten ihre Ursache in ihr: Einsamkeit, Beziehungsstress, Angst, Perspektivlosigkeit, Schulden … Erst dachte Niklas an die eigenen Schulden, dann an die der Wellers und schließlich an etwas, womit er sich in diesem Moment am liebsten betäubt hätte – plötzlich dachte Niklas an eine Line Crystal.

Er erschrak vor seinem plötzlichen Heißhunger auf die Droge. Hitzeschauer jagten ihm durch die Brust. Er bohrte die Hände in den kalten Sand und hatte auf einmal das dringende Bedürfnis, sich mitzuteilen. Er zeigte Paul ein Bild von Anni auf seinem Handy. Dann erzählte er ihm von ihrer Konzertreise, von ihrem geplanten Studium und von ihrem Leben ohne Eltern in der Woche. Paul senkte den Kopf und starrte auf das Display.

„Ist die aber hübsch“, sagte er.

Niklas scrollte weiter zu einem Bild von Lydia vor der Crystal-Zeit. Ihr von einer rötlich schimmernden Mähne umrahmtes, fein geschnittenes Gesicht erschien strahlend, scheinbar unverletzlich. „Meine Freundin“, sagte er.

„Wow!“

„Sie liegt gerade im Krankenhaus, weil sie … sich den Blinddarm entfernen lassen muss.“ Die Schönheit des Bildes ließ Niklas kurz ins Bodenlose stürzen. In diesem Moment wünschte er sich nichts mehr, als bei ihr zu sein, mit ihr zu schmusen.

„So eine tolle Freundin hätte ich auch gern! Aber mir kommt es immer so vor, als wäre ich für andere Menschen unsichtbar. Aus dieser scheiß Schüchternheit ergeben sich so viele andere Probleme“, schüttete Paul auf einmal sein Herz aus. „Ich denke laufend über meine Einsamkeit nach, werde dann unkonzentriert und habe Tage, wo es mir richtig mies geht. Dann setze ich in der Schule eine Maske auf, lächle und tue, als wäre alles in Ordnung. Ich mache mir immer zu viele Gedanken, was ich in Gesprächen sagen soll, während andere einfach losquatschen. Also halte ich lieber die Klappe und ziehe mich zu Hause zurück an den Rechner. Da habe ich wenigstens ein paar soziale Kontakte.“

Sie radelten zurück ins Haferland. Niklas hörte Paul zu und beriet ihn ein bisschen über seine Erfahrungen, ein Date mit einem Mädchen zu organisieren. Von seinen Sorgen erwähnte er kein Wort, um guten Ratschlägen, die ihn weiter nach unten ziehen könnten, aus dem Weg zu gehen.

Zur Silvesterfeier saßen die Röders, Pauls Familie und eine weitere Familie an einem Tisch beim Festmenü aus der Bioküche. Nach dem dritten Gang klingelte Niklas’ Handy: Lydia. Zum ersten Mal seit ihrer Einweisung hatten sie Zeit, länger miteinander zu reden.

Zu Beginn tauschten sie Liebesschwüre und bestätigten sich, wie furchtbar die Sehnsucht schmerzte; dann schwiegen sie eine Weile, weinten und fingen sich allmählich wieder. Schließlich erzählte Lydia vom Alltag auf der Station und davon, dass sie zweimal in der Woche Besuch von ihrer Mutter bekam, die sie eigentlich gar nicht sehen wollte. Frau Weller erzählte ihr Dinge, die sie nicht hören wollte. Gegenüber den Ärzten hatte sie Zweifel geäußert, ob der stationäre Aufenthalt überhaupt die richtige Entscheidung wäre. Und der geplanten Entwöhnungsbehandlung hatte sie nur nach intensiven Appellen von Doktor Isberner zugestimmt, wenn diese nicht „endlos ausufern" würde. Auch mit ihrem Vater in Köln hatte Lydia mittlerweile telefoniert, der sie aus Zeitgründen aber erst im Januar in Storkow besuchen konnte. Mit Frau Doktor Isberner hatte sie erste Schritte in Richtung drogenfreies Leben unternommen. Sie begann, ihre Gefühle besser kennenzulernen und mit ihnen umzugehen. „Wo man die spürt, mutiger wird und solche Sachen." Daneben lernte sie Mechanismen zur Konfliktbewältigung, um in schlechten Zeiten und bei Stress nicht wieder zum Stoff greifen zu müssen.

„Klingt doch alles sehr gut, Süße."

„Ja, aus dem Gröbsten bin ich jetzt raus, Nik!", behauptete Lydia euphorisch. „Ich kann endlich wieder unter Menschen gehen. Anfangs war ich ja schweißgebadet, wenn ich nur mal in den Aufenthaltsraum gehen sollte. Ich hab mich angestellt wie ein Idiot, hab gedacht, alle glotzen mich an."

„Und was hast du dann gemacht?"

Lydia zögerte. „Na ja, meist bin ich einfach wieder zurück in mein Zimmer gerannt, hab zitternd auf dem Bett rumgesessen und mich selber angekotzt."

„Gib bloß nicht auf, Süße!", bestärkte Niklas sie, der jedes ihrer Worte in sich aufsog.

„Nein, nein, keine Angst. Meine Hoffnung, dass mir hier jemand den richtigen Weg zeigt, hat sich erfüllt. Hier sind so viele liebe Leute, Nik“, sagte sie überschwänglich.

„Das freut mich total!“

„Das konnte ich mir erst gar nicht vorstellen! Die haben mir alle über die ersten Tage weggeholfen. Da habe ich nur gepennt, gegessen, geheult und gejammert. Schrecklich! Ich war voll am Kämpfen zwischen der gigantischen Lust auf eine Line und dem Hass auf den Scheiß, der mich hierhergebracht hat.“

„Wir lassen jetzt beide die Finger davon und stehen das gemeinsam durch, okay?“ Der Spuk vom Strand saß Niklas noch in den Knochen wie ein böser Geist. Doch er wusste, dass er Crystal nie wieder anrühren würde.

„Okay.“

„Und wenn ich erst bei dir bin, schwören wir es beide!“

Anfang Januar hatten sie sich in Storkow verabredet.

„Ich freue mich schon so auf dich, Niki-Schatz“, sagte Lydia sanft. „Ich liebe dich.“

„Ich dich auch, Süße.“

„Dann können wir in Erinnerungen schwelgen! Weißt du, manchmal … manchmal muss ich immer noch an diese mächtigen Empfindungen denken, diese geilen Gefühle … Das wird im normalen Alltag nie mehr wiederkommen. Das war die wichtigste Zeit in meinem Leben.“

Ein ausgelassenes Paar durchquerte die Hotellobby. Nachdenklich sah Niklas ihm nach, leckte sich die Mundwinkel und sagte: „Ja, es war geil, aber ich will nicht in Erinnerungen schwelgen, Lydia. Ich will dich ganz, das heißt ohne Crystal. Ich will mit dir sagen, heute ist heute, und dann von der Zukunft träumen. Ich sterbe vor Sehnsucht.“

„Ich auch. Und du hast so recht, Nik.“ Lydia zögerte. „Ich bin nur noch nicht so weit, weil ich das alles noch verarbeiten muss.“

Nach ein paar tiefen Atemzügen schwenkte sie um auf ein anderes Thema. „Wenn du kommst, lernst du endlich Zarah kennen. Wir kommen wahrscheinlich auch in Storkow ins selbe Zimmer. Ganze Nächte haben wir gequatscht. Ich finde es bloß schade, dass du Schwester Birthe nicht erlebt hast. Sie ist so lieb und lustig, Nik. Ich wünschte, sie wäre meine Mama.“

„Das ist ja nicht aus der Welt“, sagte Niklas und schluckte. „Nach deiner Kur können wir sie doch besuchen.“

„Wenn du nach Storkow kommst“, sagte sie stolz, „erwartet dich auch eine kleine Überraschung!“

„Ein Bild?“

„Ja, ein ganz besonderes.“

Plötzlich fühlte Niklas sich ihr so nah wie nie zuvor. Er rang mit den Tränen und es fiel ihm schwer, das Telefonat zu beenden. Als er endlich aufgelegt hatte, fühlte er sich einen Moment lang einsam und leer.

An einem Sonnabend Mitte Januar brach Niklas nach Storkow auf. Während der Bahnfahrt durch das märkische Land schwebten dicke Schneeflocken aus einem düsteren Nebel, der alles in Weiß hüllte. Es herrschte klirrender Frost. Ein Shuttle brachte ihn über eine nicht enden wollende schmale Straße zur Klinik, die zwischen Seen und Wald lag. Die schneeübertürmten Gebäude erinnerten ihn an Käsestücke unter einer Glasglocke.

Lydia wartete vor dem Eingang. Sie trug nur ihre dünne weinrote Jacke, unter deren Kapuze ihre kastanienbraune Mähne hervorquoll. Als sie den Bus kommen sah, rannte sie freudestrahlend auf ihn zu, sprang ihm entgegen und schlang Arme und Beine um seinen Körper. Niklas presste sie an sich. Es folgten unzählige liebesdurstige Küsse. Beide hatten Sehnsucht nach körperlicher Nähe; der letzte Sex war nur noch eine dünne Erinnerung.

„Ich habe dich so vermisst, mein Niki-Schatz!“, seufzte sie.

„Ich dich auch. Ich liebe dich so!“

Minutenlang hingen sie aneinander und lösten ihre Lippen nur für ein intensives Stöhnen.

„Wir müssen es unbedingt gleich machen, okay?“

„Wenn das geht?“

„Ich hab alles mit Zarah besprochen. Und wie das geht!“

Hand in Hand stiefelten sie durch den lautlos sinkenden Schnee, der ihnen bis zu den Waden reichte.

„Und? Wie ist es hier?“ Niklas konnte seine Neugier nicht zügeln.

„Kaum auszuhalten“, stöhnte Lydia. „Sieht alles so schrecklich nett aus hier, fast wie im Hotel, zeige ich dir nachher. Aber ich komme mir doch vor wie im Knast.“

„Warum?“

„Lass uns erst mal aufs Zimmer gehen. Zarah hat Tee besorgt.“

Die beiden Mädchen bewohnten ein spartanisch eingerichtetes Zimmer. Auf dem Tisch stand eine Kanne mit dampfendem Tee, den sie zu dritt tranken. Niklas gefiel Zarahs optimistische, lebenslustige Ausstrahlung. Genau die richtige Freundin für Lydia, dachte er.

„Habt ihr euch schon eingelebt?“, fragte er vorsichtig.

„Na ja, der Anfang war beschissen“, gab Zarah fußwippend zu, „aber jetzt hab ich mich darauf eingelassen, fühle mich wohl und versuche, was draus zu machen. Schließlich will ich nicht so weitermachen wie bisher. Ich hab schon einen abgebrochenen Entzug hinter mir. Hier ist es anderes. Man lernt viel über seine

Sucht von den Therapeuten, vor allem aber von anderen Patienten. Ich trete hier so eine Art Reise ins Ich an“, sagte sie und kicherte über ihre eigene gestelzte Redeweise.

„Also, ich finde meine Gruppe einfach blöd“, gestand Lydia, die auf Niklas’ Schoß saß. „Die Therapeutin lässt es laufen, egal, ob sich alle anschweigen oder ob das Thema bekloppt ist. Die hat null Ahnung und gibt immer gleich die gelbe Karte, bloß wenn mal bei jemandem das Handy brummt.“

„Das sind nun mal die Regeln“, sagte Zarah. „Handy aus während der Sitzung, Pünktlichkeit, null Toleranz gegenüber Drogen und so weiter. Das ist zwar etwas gewöhnungsbedürftig, aber mit einem Ziel vor Augen okay. Abstinenz gibt’s nur mit Regeln, sonst wäre das hier ein Streichelzoo, Kleine.“

Nervös zwirbelte Lydia ihre Haare. „Ich komme mir hier eher vor wie in einem Ferienlager mit zu strengen Erziehern. Auf der Jugendpsychiatrie hat es mir besser gefallen, vor allem Schwester Birthe. Hier läuft nur Gruppe und Sport, Sport und Gruppe, Vorträge und Filme, aber keine Einzeltherapie. Ich hab das Gefühl, eigentlich geh ich denen am Arsch vorbei.“

Was die strengen Regeln anging, verstand Niklas seine Freundin, ihre generelle Unzufriedenheit begriff er nicht. Sie beunruhigte ihn.

„Die Einzelgespräche kommen doch bald“, beschwichtigte Zarah sie. „Hier geht nun mal nichts ohne Aufwand und Schmerzen. Und sich öffnen bedeutet Schmerzen. An miesen Tagen will ich nur noch schreien. Aber ich denke, nur so erreicht man wirklich was.“

„Wenigstens kann ich mich bei der Kunsttherapie ein bisschen austoben“, berichtete Lydia, lächelte Niklas an und gab ihm einen Kuss auf die Wange. „Da lasse ich meinen Gefühlen freien Lauf. Am Anfang, da waren alle meine Bilder nur schwarz. Doch inzwischen nehme ich auch wieder leuchtende Farben."

„Vielleicht ist das Malen ja ein Weg für dich, um dich auf das hier einzulassen", sagte Niklas. „Es ist bestimmt nicht leicht, ich weiß. Aber ich helfe dir, Süße."

Sie umarmten und liebkosten sich, vergaßen, dass Zarah mit am Tisch saß.

„Okay, ihr beiden Turteltäubchen", sagte Zarah und stand auf, „ich geh jetzt mal zur Physiotherapie und lasse euch eine Stunde allein. Ich denke, ihr kommt solange ohne mich klar." Während sie zur Tür ging, blickte sie neidisch zurück auf das Paar.

Kaum hatte die Tür sich geschlossen, fielen die beiden übereinander her. Lydia bedeckte Niklas' Gesicht mit glühenden Küssen und er zog sie an sich, schob seine Hände unter ihren Pullover und griff fieberhaft nach ihren Brüsten. Ihr Schoß rieb ungeduldig an seinem Glied, wobei sie wilde Küsse tauschten. Alles war von hitzigem Verlangen getrieben.

Nach wenigen Augenblicken hielten sie es nicht mehr aus, sprangen auf und rissen sich die Kleider vom Leib. Es kam ihnen auf jede Sekunde an. Sie schafften es nicht einmal mehr bis zum Bett. Er packte sie am Hintern, schob das Geschirr beiseite, setzte sie auf den Tisch und blieb stehen. Ihre Arme umfingen seinen Hals, ihr Busen umschmeichelte seine Brust. Während sie im Rhythmus seiner Stöße auf und ab wippte und das Porzellan schepperte, hielt er sie umklammert und genoss ihr Stöhnen. Immer schneller geriet der Tanz. Sie rangen nach Atem, keuchten, jammerten und vergingen endlich schreiend in einem leidenschaftlichen Orgasmus.

Vorsichtig löste Niklas sich von ihr, nahm sie auf den Arm und trug sie zum Bett, wo er sie liebevoll niederlegte. Dann sank er erschöpft und erlöst neben sie. Das Feuer loderte indes weiter.

Binnen weniger Minuten fachten sie die Glut wieder an und trieben die erregenden Empfindungen bis zur nächsten Ekstase. Erst dann lagen sie still und befriedigt nebeneinander.

Niklas' Gesicht überzog ein glückliches Lächeln.

„Endlich", hauchte Lydia, „das habe ich so gebraucht … so gut!"

„Und ich erst! Ich wusste schon gar nicht mehr, wie das ist."

„Hier kann man es sich ja nicht mal in Ruhe selber machen", sagte sie, kicherte und räkelte sich. „Ich schenke dir jetzt das Bild, Schatzi, ja?"

„Wow … toll!"

Die Zeit drängte. Sie zogen sich wieder an. Lydia holte das Geschenk aus dem Kleiderschrank.

Das Gemälde begeisterte Niklas. Es war einem Spätwerk Picassos nachempfunden. Lydia nannte es Gitarrenspieler und weiblicher Akt. Im Zentrum stand eine Frau; ornamental verzierte Brüste und Schoß sprangen ihn an wie Ausrufezeichen. Ein Mann im Hintergrund spielte ihr wie ein Voyeur mit der Gitarre auf, was Niklas verwirrte. Es erinnerte ihn an sein Gitarrespiel während ihrer ersten Nächte in der Laube.

„Danke, meine Süße. Du bist eine verdammt gute Malerin, viel besser als ich. Ich kann's beurteilen, weil ich selbst ein guter Zeichner bin. Das bekommt einen Ehrenplatz über meinem Schreibtisch!"

„Hat mir auch Spaß gemacht", sagte sie stolz. „Komm, wir gehen in die Cafeteria und ich zeig dir die Klinik."

Draußen umfing Schnee sie wie ein Schleier. Lydia führte ihn vorbei an Werkstätten, Patientenwohnhäusern, Sporthalle, Schulungsräumen und den Studios für die Therapiegruppen.

„Ich lebe hier wie in einer anderen Galaxis", sagte sie, während sie durch das pulvrige Weiß stapften. „Die Regeln werden überwacht wie vom Geheimdienst."

„Echt?"

„Ja, es gibt sogar unangemeldete Zimmerkontrollen auf Drogen, da werden dann Kleiderschrank, Bett und Taschen untersucht. Freidenkende Menschen haben sich als allererstes unterzuordnen. Das ist so was von nervig!"

„Wäre was für mich", sagte Niklas ironisch.

„Und von Therapie habe ich auch noch nicht viel gemerkt. Im Endeffekt wird man eigentlich nur weggeschlossen und von der Droge ferngehalten."

Obwohl der Frost ihm auf der Haut biss, spürte Niklas plötzlich Hitze in der Brust. „Warum bist du nicht bereit, endlich über dich selbst nachzudenken und die Therapie wirklich zu wollen? Wenn du wüsstest, was du willst, könntest du Hilfe annehmen."

„Ich will ja auch raus aus diesem Sumpf", sagte sie niedergeschlagen. „Aber wie soll ein Leben draußen aussehen, wo ich immer so tun muss, als ob es mir gut geht und ich glücklich bin? Wie soll ich das schaffen, wenn es mir eigentlich schlecht geht?"

„Es geht doch gar nicht darum, irgendeinen Schein zu erwecken! Es geht um dich! Du schaffst es nur, wenn du die Probleme löst, die dich hierhergeführt haben."

„Ich weiß ja … Okay, ich werd's versuchen." Sie hielt sich die Hände vor das Gesicht, hauchte sie an und rieb sich die Nase. „Aber ob ich je wieder so glücklich sein kann wie auf Crystal, weiß ich nicht."

Am liebsten wäre Niklas unter einer Schneewehe verschwunden. Er presste die Lippen aufeinander und schüttelte den Kopf, bis er sarkastisch auflachte.

„Wie viel Glück meinst du, kannst du denn ohne Crystal noch empfinden? Wie viel Prozent?"

„Vielleicht ein Drittel", sagte sie, zuckte mit den Schultern und dachte nicht daran, dass sie mit dieser Aussage auch ihr leidenschaftliches Liebesspiel vor knapp einer Stunde entwertete. Als sie seine entsetzten Augen sah, schob sie nach: „Aber ein Drittel ist schon okay für mich. Damit komme ich klar."

„Die anderen zwei Drittel waren eine Illusion", stellte Niklas fest, „das war nur die Droge, weiter nichts."

„Lass uns was Heißes trinken gehen. Mir ist kalt."

In der Cafeteria boten Patienten Selbstgebackenes an. Niklas kaufte Käsekuchen und Kaffee und freute sich auf die Köstlichkeit, mit der er den Kloß im Hals wegzuschlucken hoffte.

„Ich hätte dich da nie reinziehen dürfen", sagte er.

Lydia nahm seine Hand, streichelte sie und zog einen Schmollmund.

„Ach, Nik, es ist doch egal, dass du mir das Zeug als erster besorgt hast. Crystal wäre so oder so zu mir gekommen, das war mir irgendwie bestimmt. Oh Gott, denk nur an die tollen Partys damals mit Ecstasy! Das wollte ich schon immer irgendwie toppen. Gras war für mich dagegen nur eine dünne Ersatzbefriedigung."

Der Kuchen beseitigte nicht die Enge in Niklas' Hals. Im Gegenteil, die Angst um Lydia umklammerte ihn wie ein Panzer. Mit stockender Stimme sagte er: „Wenn ich nur wüsste, wie ich dir helfen kann."

„Sei einfach für mich da, Süßer."

Die nächsten Minuten lagen sie einander liebkosend in den Armen und tauschten lange Küsse.

„Übrigens, meine Eltern planen im Sommer eine Reise auf die Malediven. Shangri-La, ein Luxusresort auf dem Addu-Atoll. Ich könnte fragen, ob du mitkommen kannst. Hättest du Lust?"

„Wow! Wir beide in einer Sea Villa. Na klar komme ich mit!"

Am folgenden Mittwoch saß Lydia in der Klinikschule. Sie versuchte, sich zur Aufmerksamkeit zu zwingen, um die kommenden Klausuren nicht zu verhauen. Doch es fiel ihr schwer. Jeden Satz musste sie dreimal lesen, und trotzdem behielt sie am Ende fast nichts. Am liebsten hätte sie sich den ganzen Tag auf ihr Zimmer verkrochen. Als sie durch das Fenster in den schneebedeckten Wald sah, begann sie über ihre Situation nachzugrübeln.

Der Druck in der Schule, der dem in Berlin in kaum etwas nachstand, war eine Qual. Sie fühlte sich alleingelassen und spürte eine merkwürdige Schwere in der Brust, ein lähmendes, herabziehendes Gefühl, das ihr sagte, dass sie nichts wert war. Es kostete sie enorme Kraft, diesem Gefühl, das immer weiter zu wachsen drohte, nicht zu erliegen. Lydia hatte Angst, den mittleren Schulabschluss nicht zu schaffen. Sie wusste, dass es so nicht weitergehen konnte. Am liebsten hätte sie sich ihren Frust von der Seele geschrien, auch ihre Unfähigkeit, etwas dagegen zu tun. Zugleich kochte sie über vor Wut: Wut auf die Schule, Wut auf ihre Mutter, Wut auf Zarahs kluge Sprüche und Wut auf Niklas' Erwartungen …

„Lydia!", sprach Frau Bauer, die Deutschlehrerin, sie an. „Wie würdest du nach dem, was wir eben besprochen haben, Hans Bärlach charakterisieren?"

„Was?", erschrak sie und hasste sich im selben Moment, weil ihre Gedanken abgeschweift waren.

„Hans Bärlach … Dürrenmatt … Charakterisierung!"

„Ich, äh … ich … mir geht es heute nicht so gut, Frau Bauer."

Kopflos entschuldigte sie sich für den Rest des Schultages und floh auf ihr Zimmer, wo sie heulte und in ihr Kissen schrie: „Kaputt! Warum mache ich mir alles kaputt? Scheiße!"

Nachdem sie sich etwas beruhigt hatte, nahm sie sich für den

Nachmittag vor, sich aufzuraffen und konsequent zu lernen – nachdem ihre Mutter ihren lästigen Besuch beendet haben würde.

Nach einer Stunde Schlaf und zwei Tassen Kaffee fühlte Lydia sich besser. Sie schöpfte Hoffnung, ihr Leben doch wieder auf die Reihe zu bekommen und genügend Kraft zum Lernen aufbringen zu können. Sie setzte sich an den Tisch, packte ihre Sachen aus und war bereit zum Arbeiten, als es plötzlich an der Tür klopfte – ein dynamisches Klopfen, dessen Rhythmus sie kannte. Es gehörte zu Sylvio Kramer, ihrem leiblichen Vater aus Köln.

Im ersten Augenblick stürzte Lydia glücklich zur Tür, weil sie sich schon so lange auf seinen Besuch gefreut hatte. Doch bereits als sie die Klinke in der Hand hielt, begann ihr Herz wild zu pochen und ihr Gesicht verlor seine Farbe. Plötzlich überkam sie Angst – Angst vor einem Aufeinandertreffen ihrer Eltern. Die ganze Verwirrung und alle Schuldgefühle ihrer Kindheit, als ihre Eltern sich ständig gestritten hatten, wühlten sich in Sekundenbruchteilen an die Oberfläche. Sie ließ die Klinke los, schlug sich mit der Hand auf den Mund und öffnete.

Ein gutaussehender Mann mit tadelloser Figur stand in der Tür. Die beiden umarmten sich kurz, für eine herzlichere Begrüßung war Lydia zu angespannt. Ihr Vater blieb stehen, obwohl Lydia ihm einen Stuhl anbot. Er trug einen eleganten Anzug und strich sich andauernd das Haar hinter die Ohren. Ein nervöser Tick.

„Hey, mein Mädchen, du hast mir Kummer gemacht. Aber du packst das schon. Hast doch immer alles gepackt …“ Während er ohne Pause auf sie einredete, zwickte er sie in die Wange und klopfte ihr auf die Schulter. „Finde ich gut, dass du das hier durchziehst. Hast es doch ganz nett hier. Mein Mädchen, hey, du packst das schon, halb so wild …"

„Setz dich doch erst mal", forderte sie ihn erneut auf. Ihr Mund war so trocken, dass sie einen Schluck aus der Wasserflasche nehmen musste.

Also fläzte ihr Vater sich verkehrtherum auf einen Stuhl. „Meine Lydi, das musst du alles als Erfahrung abbuchen, die dich weiterbringt. Meine Güte, du schaffst das schon. Wie läuft denn die Therapie?"

„Gut", sagte sie mit bebender Stimme. „Du wolltest doch erst Freitag kommen, Papa?"

„Die Geschäfte laufen so fantastisch in Berlin, dass ich schon vorher ein paar Meetings habe – super Events. Hey, für dich habe ich mich aber losgeeist!" Lydias Vater arbeitete als Manager einer Firma für hochwertige Oberflächenbeschichtungen. Als er ihr angsterfülltes Gesicht bemerkte, fragte er: „Macht dir doch nichts aus, oder?"

„Hör mal: Können wir vielleicht in die Cafeteria gehen? Mama hat sich auch für heute Nachmittag angesagt, und wenn ihr euch …"

„Ah, verstehe! Hast Angst, wir könnten uns wieder in die Haare kriegen und so! Aber ich bin jetzt viel cooler als früher, überhaupt kein Problem." In Köln hatte Lydias Vater wieder geheiratet und zwei weitere süße Mädchen in die Welt gesetzt.

„Bitte … jetzt gleich!"

„Okay!" Er lächelte sie an, gewinnend, charismatisch, aber sie konnte ihm kaum in die Augen schauen, weil sie merkte, dass sie wütend auf ihn wurde.

„Mein Angebot gilt noch immer: Wenn deine Mutter dich zu sehr nervt, kannst du jederzeit zu mir ziehen! Kein Problem."

Und dauernd deinen Egoboost ertragen, dachte Lydia. Warum flog ihr Vater so gigantisch hoch, als wäre er vom Größenwahn geküsst? Dass er überhaupt nicht mehr echt war, ging ihr auf die Nerven. Welcher Zaubertrank hatte ihn verändert?

„Ich kann hier nicht weg“, sagte sie.

„Ja, ja, schon klar. Was macht eigentlich dein Freund, dieser … wie hieß er doch gleich?“

„Niklas.“

„Ja, richtig – Nik. Hilft er dir ein bisschen und so?“

„Können wir jetzt endlich in die Cafeteria gehen?“, fragte Lydia verzweifelt.

Zu spät! Ihre Mutter öffnete bereits die Tür. Sie musterte Kramer erst überrascht, dann, innerhalb von Sekunden, lief sie dunkelrot an, begleitet von kurzen, rhythmischen Atemstößen.

„Was sucht der denn hier?“, fragte sie Lydia aufgebracht und ging auf ihren Exmann los: „Du interessierst dich doch sonst einen Scheiß für deine Tochter!“

„Hey, Sabi, ganz cool bleiben, nicht gleich so kratzborstig!“ Kramer stand auf, kreuzte die Arme und bekam einen stechenden Blick.

„Was machst du in Storkow? Du hast dich doch sonst nie um ihre Probleme geschert! Na, sag schon!“ Wie eine Irre hackte sie mit den Händen in der Luft herum.

„Du hast dich auch nicht gerade mit Ruhm bekleckert, sonst wäre sie wohl nicht hier“, entgegnete Kramer trocken.

Einen Moment lang presste Lydias Mutter die Lippen aufeinander, dann giftete sie: „Kannst du nicht einfach wieder nach Köln verschwinden … wo alles so fantastisch läuft?“

Lydia sank aufs Bett und hielt sich die Hände vor das Gesicht. Angst lähmte sie. Da waren sie wieder, die Kämpfe zwischen ihren Eltern, die so oft in einem Desaster geendet hatten.

„Wie man sieht, muss ich ja hier nach dem Rechten sehen, weil du total versagst!“ Kramer wurde jetzt laut, röhrte: „Du bist eben dumm, Sabi, und einfach zu nichts zu gebrauchen. Wie damals, als du unsere Wohnung wie ein Messie in ein Dreckloch verwandelt hast!“

„Du blöder Arsch! Du Junkie!“, schrie Lydias Mutter. „Knall endlich die Tür zu – und zwar von außen!“

„Seid endlich still!“, kreischte Lydia und brach in Tränen aus. „Habt ihr eine Ahnung, wie ich mich dabei fühle?“

„Da hast du's! Siehst du, was du anrichtest? Hau endlich ab oder ich ruf die Polizei!“

„Die Polizei?“, fragte Kramer verächtlich und zog eine Augenbraue hoch. „Halt endlich deine dumme Klappe!“

„Du mieses Schwein! Du Dreckssau ...!“ Lydias Mutter beschimpfte ihren Ex-Mann nun ohne Unterbrechung, brüllte sich in Rage und begann schließlich, ihn zu attackieren und in Richtung Tür zu stoßen. Es gab ein Handgemenge, bis Lydias Mutter Kramer an den Hals fasste und würgte. Er löste ihren Griff, riss die Tür auf und versuchte, sich in den Flur zu retten. Doch sie ließ nicht von ihm ab. Da stieß er sie grob beiseite, sodass sie stolperte und mit dem Kopf gegen den Türrahmen knallte.

„Ich wünschte, du wärst tot!“, schrie sie ihm hinterher. Ohne sich umzudrehen rannte Kramer davon.

Nachdem die Tür sich geschlossen hatte, fasste sich Lydias Mutter an die rechte Augenbraue. Aus einer Platzwunde rann Blut, das ihr nun auch an den Händen klebte. Geschockt starrte sie auf das Blut.

„Am liebsten würde ich das Schwein umbringen. Ich hab so eine Sauwut!“

Mühsam rappelte sie sich hoch, setzte sich auf einen Stuhl und bat Lydia, ihr einen Waschlappen zu holen.

Lydia zitterte am ganzen Körper. Sie war unfähig, zu sprechen. Wie mechanisch ließ sie kaltes Wasser über einen Lappen laufen und reichte ihn ihrer Mutter.

„Das wird ein scheiß Veilchen geben … Den verklage ich, verlass dich drauf!"

In den nächsten Minuten gab sie immer wieder Hasstiraden gegen Kramer von sich, bis ihr nichts mehr einfiel. Ihre Augen verschwammen hinter einem Tränenschleier. Erst wimmerte sie leise, und dann heulte sie zügellos.

„Ich bin so unglücklich, Lydia!"

„Schon gut, Mama …"

Mutter und Tochter umarmten einander und fühlten die Verzweiflung, die ihre Körper erschütterte. Für die Tiefe ihres Unglücks gab es keine Worte. Sie verharrten in einem Weinkrampf.

„Das hätte nicht auch noch passieren dürfen", durchbrach Lydias Mutter endlich das Schweigen.

„Tut mir so leid, Mami … Es war so furchtbar", stammelte Lydia und streichelte ihre Mutter.

„Aber ich hab dieses egoistische Schwein in die Flucht geschlagen!"

„Ja, das hast du."

„Seit du weg bist, mein Kind", klagte Frau Weller, nachdem sie die Umarmung gelöst hatte, „fühle ich mich, als hätte man mir ein Stück Herz aus dem Leib gerissen. Ich schaffe den täglichen Kampf ums Überleben zwar irgendwie, aber für die schönen Dinge bleibt null Zeit. Macht das alles eigentlich noch Sinn?"

Lydia starrte ihre Mutter an und wusste nicht, was sie sagen sollte.

„Ich stelle mir oft vor, von einem Funkmast zu springen. Na ja, ein paar Jahre muss ich wohl noch durchhalten, bis du und Lukas endlich auf eigenen Füßen steht. Aber danach ist Schluss. Ich will einfach nicht mehr da sein." Sie seufzte tief und ergänzte: „Aber jetzt musst du das hier erst mal alles schaffen!“

Auch am folgenden Wochenende besuchte Niklas Lydia in Storkow. Seine heimlichen Hoffnungen auf intensiveren Sex mit ihr zerschlugen sich. Die schnelle Nummer, die sie schoben, war deutlich fader als ihre erste leidenschaftliche Wiedervereinigung. Lydia verhielt sich passiv, passiver als je zuvor. Sie wirkte bedrückt, ängstlich und desillusioniert.

Erschöpft sanken sie nach dem Sex auf die Kissen.

„Wann hat das hier endlich ein Ende?“, flüsterte sie nach einer Weile. „Ich will und kann nicht mehr! Ich fühle mich so unendlich leer und will nur noch zu dir nach Hause.“

Niklas schluckte und drückte sie an sich, war nicht imstande, etwas zu entgegnen.

Sie löste sich von ihm und sah ihm in die Augen. „Irgendwas verändert sich in mir, verstehst du? Es ist so höllenschwer, Crystal wieder aus dem Kopf zu kriegen. Es hat sich so tief ins Hirn gebrannt.“

„Du schaffst das! Und wenn du das erst alles ausgehalten hast, dann …“

„Ach, hör auf. Mama meint auch, Storkow war eine schlechte Entscheidung. Die wirklichen Probleme werden hier gar nicht angesprochen und die arroganten Ärzte benutzen die Patienten nur zum Gelddrucken.“

„Seit wann hörst du denn auf deine blöde Mutter?“, fragte Niklas aufgebracht.

„Hör mir doch erst mal zu! Sie hat recht, dass der einzelne Patient hier unwichtig ist. Es wäre viel besser, nach Hause zu gehen und sich von der ganzen Sache einfach abzuschotten. Meinst du nicht?“

„Nein, meine ich nicht.“

„Leicht gesagt! Du bist ja nicht hier.“

Niklas gab sich Mühe, redete auf sie ein, dass sie die Therapie und die strengen Regeln bis zum Ende durchstehen solle.

Lydia hörte ihm zu, sagte aber nichts. Ihre Mimik verriet, dass seine Ermahnungen und Aufmunterungen sie nervten.

„Weißt du, Schatz“, sagte sie, „ich stecke ganz schön in der Klemme. Ich hab an so vielen Sachen einfach das Interesse verloren. Wie ich meinen mittleren Schulabschluss mache, nur mal als Beispiel, ist mir inzwischen herzlich egal. Klar werde ich bei den Prüfungen alles geben und so, aber der Unterricht hier ist etwa so spannend wie eine Dauerwerbesendung. Immer dasselbe! Wofür soll ich mich aufopfern? Für einen schlecht bezahlten Scheißjob?“

„Ich dachte, du willst Medizin studieren?“

Lydia gab einen Brummton von sich und zog einen Flunsch. „Als ob die da ein mürrisches, aggressives Girlie mit miesen Noten nehmen.“

Niklas kam sich vor, als peitsche er einen lahmen Gaul.

„Ich hab mit meinen Eltern gesprochen“, versuchte er sie aufzuheitern. „Die Malediven sind gebucht. Das wird geil! Freust du dich?“

„Ja.“ Nur ein dünnes Lächeln war die Antwort.

„Und meine Mutter sieht deinen Einzug bei uns schon nicht mehr ganz so krass wie noch vor zwei Wochen.“

Sie stöhnte. „Für dich klingt immer alles so einfach, Niki. Aber das ist es nicht.“

„Wenn man es nur versucht …“

## 8

Mit hängendem Kopf verließ Niklas die Klinik. Da der Shuttle bereits weg war, trottete er die schmale Straße durch den Wald zum Bahnhof zu Fuß. Seit einigen Tagen hatte Tauwetter eingesetzt. Schnee tropfte von den Bäumen und er musste Matschpfützen ausweichen.

Auf halber Strecke kam ihm ein halbes Dutzend Männer entgegen, die er vom Sehen aus der Klinik kannte. Sie wirkten körperlich gezeichnet, waren aber offenbar heiterer Stimmung. Wahrscheinlich eine Erlebnistherapie in freier Natur, dachte er. Sicherheitshalber wechselte er die Straßenseite. Als sie aneinander vorbeiliefen, rief jemand aus der Patientengruppe: „Hi, Genius, was machst du denn hier?"

Schon stürmte Tobias Menzel auf ihn zu. Instinktiv wich Niklas einen Schritt zurück. Sein Herz raste und er begann zu zittern. Sekundenbruchteile später bekam er die zerschrammte Hand seines Ex-Nachhilfelehrers entgegengestreckt und schüttelte sie automatisch. Menzel lächelte verschlagen. Sein Gesicht war übersäht mit Schlammspritzern, die Beanie-Mütze umkränzten seine blonde Locken. Modder klebte an der Kleidung, in der ein Körper voller Lebendigkeit steckte.

„Wir kommen gerade von einer Wanderung, auf der wir Survivaltechniken gelernt haben", berichtete Menzel. „War eine harte Erfahrung, gab aber auch Spaß. Und was führt dich nach Storkow, Genius?"

„Hab 'ne Freundin besucht", quetschte Niklas hervor. Am liebsten hätte er sich Schnee in den Mund gestopft, weil der plötzlich so trocken war.

„Warum ist sie hier?"

„Drogenprobleme."

„Und? Ist sie über den Berg? Hat sie einen Plan?"

„Na ja, es geht schon wieder ..."

„Für mich ist das Thema durch", erklärte Menzel siegesgewiss. „Durch die Erfahrungen in der Klinik habe ich jetzt eine ganz andere Sicht auf meine Krankheit. Storkow war die schönste und lehrreichste Zeit in meinem Leben. Ich fühle mich wie neugeboren!" Er gab seiner wartenden Gruppe ein Handzeichen und rief ihnen zu: „Geht schon mal weiter, ich komme gleich nach!"

Niklas schloss mit dem Leben ab. Er war davon überzeugt, dass Menzel ihm jetzt die Hände um die Gurgel legen und zudrücken würde.

„Keine Sorge, kleiner Drecksack", sagte Menzel süffisant und legte ihm eine Hand auf die Schulter. „Weil die in der Nähe sind, lasse ich dich heute noch mal laufen. Heute! Das heißt aber noch lange nicht, dass ich nicht das fehlende Geld aus dir rausprügeln werde, wenn ich hier wieder raus bin. Hast du kapiert?"

„Ja." Hilflos spähte Niklas zu den anderen Patienten hinüber, unfähig, um Hilfe zu schreien.

„Weißt du, die Kapuzenmänner sind zwar immer noch da, aber inzwischen weiß ich, wie ich mit dieser Parallelwelt umgehen muss."

„Das ... das freut mich zu hören." Angespannt rieb Niklas sich die Hände und sah der sich langsam entfernenden Gruppe nach.

„Und das Zählen habe ich auch noch nicht verlernt: tausendvierhundert Glocken! Fällt dir nichts dazu ein?"

„Doch, ich ..."

„Wenn ich in ein paar Monaten mit allem hier durch bin, meine Pillen regelmäßig nehme und so", ein scharfes Kichern unterbrach Menzels Rede, „dann studiere ich Physik zu Ende. Dann können wir auch die Nachhilfe wieder aufnehmen.“ Nach diesem Angebot schüttete er sich vor Lachen aus und schlug Niklas hart auf den Oberarm. „Mach’s mal gut, Genius! Fuck! Du müsstest dein Gesicht sehen!“

Alles, nur nie wieder diese Wohnung betreten, dachte Niklas, der den Scherz nicht verstanden hatte. Verstört sah er Menzel hinterher, der vor Lachen zuckend zu seinen Kameraden zurücklief.

Als der Spuk hinter der nächsten Kurve verschwunden war, bückte Niklas sich, nahm eine Handvoll Schnee und schob ihn sich in den Mund. Den Rest des Weges stiefelte er vom Schock fröstelnd durch den Matsch.

Auf dem Bahnhofplatz stand der Shuttle zur Klinik, in dem Niklas zu seiner Überraschung Marlene sah, die gerade vor einem Spiegel ihre Lippen straffte und Lippenstift auftrug. Von ihrem Besuch hatte Lydia nichts erwähnt. Sie prüfte ein paar Mal ihren Kussmund und trug dann mit einem Pinsel Rouge auf ihre Wangen und verwischte die Übergänge. Das Schauspiel faszinierte Niklas einen Moment lang, bis ihn ein mulmiges Gefühl beschlich. Da Marlene ihn nicht bemerkte, zog er es vor, sich grußlos zum Zug zu stehlen.

In der Cafeteria umarmten sich die beiden Mädchen. Lydia fühlte sich glücklich, ihre langjährige Freundin zu Besuch zu haben, von deren optimistischer Grundhaltung, Humor und starkem Charakter sie sich angezogen fühlte. Marlene ihrerseits schätzte Lydias Fähigkeit, Vertrauen schenken zu können. Sie litten, wenn sie sich längere Zeit nicht sahen. Anderen Menschen jagte die Kraft, die beide als Freundinnen ausstrahlten, manchmal Angst ein.

„So geil, dich endlich wiederzusehen“, kreischte Marlene.

„Yippie … Ich werd irre!"

„Endlich meine Marly wieder busseln! Die einzig Normale auf der Welt!"

Die Begrüßung dauerte zwei Minuten, während der sie sich küssten, einander umarmten und sich Satzfetzen zuwarfen. Sie waren so aufgekratzt, dass die wenigen anderen Gäste an diesem frühen Sonntagabend bereits zu ihnen hinüberlugten.

„Warum gehen wir nicht auf deine Bude?", fragte Marlene, nachdem sie sich gesetzt hatten.

„Ach, da ist uns Zarah im Weg – diese Moralpredigerin."

„Verstehe! Weißt du eigentlich, wie die anderen dich vermissen? Philip und besonders Jonas?" Marlene stupste Lydia an den Arm, die verlegen lächelte. „Die sind voll krass drauf, und denen geht's fantastisch!"

Die Mädchen unterhielten sich über ihre Clique, und Marlene berichtete davon, wie super sie und die Jungs alles unter Kontrolle hätten, dass sie am Wochenende immer auf Crystal Partys feierten und wie schön es wäre, wenn Lydia wieder mit dabei sein könnte.

„Was dagegen, wenn ich mir hier irgendwo was ziehe?", fragte Marlene plötzlich zittrig und überdreht.

„Bist du komplett irre?", fuhr Lydia hoch. „Ich fliege hier sofort achtkantig raus, wenn die uns erwischen! Ohne Gnade!"

„Okay, dann lass uns die Beine vertreten und woanders den Abend ein bissel abfeiern."

Die Mädchen schlichen zur Sporthalle, die etwa einen Steinwurf von der Cafeteria entfernt lag. Die Tür stand offen. Sie setzten sich auf eine Bank neben der Tischtennisplatte, die von einer Laterne vor der Halle in ein trübes Licht getaucht wurde. Ich habe es jetzt über einen Monat geschafft, clean zu bleiben, dachte Lydia. Ich brauche Crystal nicht mehr, um ich selbst und glücklich zu sein. Soll Marlene ruhig was ziehen, ich bin stark genug.

Hastig, mit fahrigen Bewegungen, kramte Marlene ein Tütchen Crystal Meth hervor und legte sich eine Line auf dem Display ihres Handys. Als sie es gezogen hatte, hustete sie los und ihre Augen tränten, aber sie lallte glücklich: „Ah … hey … wow … Das wird mich diese Nacht alles vergessen lassen, Süße!"

Ihr Mund kam Lydia entgegen. Die Mädchen tauschten einen Kuss voller Leidenschaft, streichelten sich und stöhnten. Lydia versuchte, sich an die Gefühle und Erlebnisse auf Crystal zu erinnern. Aber es misslang und sie fühlte sich mies. Die Droge fehlte ihr.

„Hier, Süße!" Marlene reichte ihr das Handy mit der fertigen Line.

Lydia zögerte kurz. Doch dann sagte sie sich, dass sie jederzeit wieder damit aufhören konnte, wenn sie es nur wollte. Ich bin stark genug, dachte sie.

„Einmal … Ausnahmsweise!"

Die Kontrolle rann Lydia durch die Hände. Zack! Noch bevor die Wirkung wirklich einsetzte, bereute sie es und fühlte sich schuldig. Sie wusste, dass Crystal sie von nun an nie wieder loslassen würde.

Die Wirkung setzte ein. Sie hörte kurz auf zu atmen und hatte das Gefühl, als schlüge ihr Herz nicht mehr weiter, hätte es einfach vergessen. Der nächste Atemzug dann war wie der erste in ihrem Leben, weg die Angst, keine Luft mehr zu bekommen. Auf der Zunge ein metallisches Brennen, dann endlich die ersehnten Glücksgefühle. Schlagartig wurde ihr Kopf von allen Zweifeln und Sorgen leergefegt. Ihre Hände schwitzten und zitterten, ihr Herz pochte wild. Lydia begann zu reden: Sie erzählte vom Stress mit ihren Eltern, von ihren Ängsten zu versagen und Niklas zu verlieren, überhaupt von allem, was ihr auf der Seele brannte.

Der Abend fühlte sich an wie der schönste in ihrem Leben. Die Mädchen suchten sich Tischtenniskellen und spielten, lachten, bis ihnen das Zwerchfell schmerzte und Tränen flossen, weil sie im Schummerlicht fast nie den Ball trafen. Sie verloren jedes Zeitgefühl und hätten für alle Zeit nur noch Pingpong spielen und gackern können.

Zur selben Zeit saß Niklas zu Hause vor Lydias Gemälde und dachte nach. War er der Mann, der diesem weiblichen Körper, bei dem Schoß und Brüste im Mittelpunkt standen, etwas auf der Gitarre vorspielte? Die nackte Frau dominierte und ihre obsessive Sexualität irritierte ihn noch immer. Je länger er darüber nachdachte, umso mehr bewunderte er ihren eigenen Stil, der von Souveränität zeugte. Sein eigener Picasso! Schließlich wertete er das Bild als Ausdruck der Bejahung des Lebens. Er hoffte, dass Lydias Probleme bald gelöst sein würden. In der Zwischenzeit wollte er hart für die Prüfungen im Frühling arbeiten – für seine Liebe, die einst den Ehrgeiz in ihm geweckt hatte.

Anni und Niklas hatten einen Plan ausgetüftelt, mit dessen Hilfe sie den Stoff in Blöcke strukturierten, die sie häppchenweise auf die Tage bis zur entscheidenden Phase verteilten. Überall lagen Karteikarten herum und hingen Blätter mit Fragen an den Wänden, die sie im Vorbeigehen beantworteten. Kaffee gab es kannenweise als Muntermacher, Schokolade besonders für Anni zur Belohnung. Am Abend kochten sie sich Vanillepudding oder Grießbrei mit reichlich Zucker, um den Hunger zu stillen. Kurz vor dem Schlafengehen fragten sie sich das Gelernte gegenseitig ab. Wenn der Ehrgeiz Anni bis in die frühen Morgenstunden an ihre Instrumente fesselte, stopfte Niklas sich Ohropax in die Ohren. Manchmal huschte ein Lächeln über ihr Gesicht, weil sie glücklich über den Fleiß ihres Bruders war.

Das angebrochene Päckchen Chrystal, das Marlene dagelassen hatte, reichte Lydia nur bis zur Mitte der nächsten Woche. Immer schneller flachte die Wirkung ab, immer häufiger musste sie nachziehen. Am Ende plagte sie unendliche Müdigkeit. Sie hatte auf nichts mehr Lust, wurde unausstehlich und kämpfte gegen den alles niederwalzenden Drang auf die nächste Line. Doch ihr Vorrat war aufgebraucht – und ihre Zeit in Storkow abgelaufen. Eine Betreuerin bemerkte am Freitag ihren Rückfall und veranlasste einen Urintest. Methamphetamin positiv! Lydia hatte in schwerwiegender Weise gegen die Regeln verstoßen. Es folgten ein Anruf bei ihrer Mutter und die sofortige Entlassung aus der Klinik.

Noch am selben Nachmittag saß Lydia im Zug nach Berlin. Sie verfluchte den Tag, an dem sie geboren worden war und fragte sich verzweifelt, was ihr Erlösung von der tiefen Hoffnungslosigkeit bringen könnte, die sie erfasst hatte. Nichts schien mehr einen Sinn zu haben. Nicht mehr da zu sein, zu sterben, war im Moment ihre letzte, einzige Vorstellung von Glück und Freiheit. Doch bald verschwammen diese Gedanken, weil die Gier nach der Droge alles verdrängte.

Zugleich spürte sie einen Wendepunkt in ihrem Leben. Ihr Wille verließ sie, die Kraft, etwas zu wollen und es anzustreben. Sie gab sich auf. Doch mit sich selbst warf sie auch die Ängste und Selbstzweifel über Bord, die Schuldgefühle, alle, auch sich selbst, enttäuscht und verraten zu haben. Was für eine Befreiung!

Als sie die Wohnung am Park aufschloss, fand sie auf dem Küchentisch einen Zettel ihrer Mutter. Sie war mit Lukas zur

Geburtstagsfeier ihrer Schwester nach Potsdam gefahren und würde erst am Sonntagabend zurückkehren.

Lydia scherte sich nicht darum. Sie war sogar erleichtert, dass ihre Mutter nicht da war und sie mit ihr keine Diskussionen führen musste. Nur Lukas hätte sie gerne gesehen. Da sie schwitzte, warf sie ihre Wintersachen einfach auf den Boden, zog sich nackt aus und rannte so zu ihrem Zimmer. Dort kroch sie wie eine Verhungernde auf der Suche nach ein paar Krumen Brot über den Teppich, klappte ihn hoch und fand darunter ein paar festgeklebte Crystal-Kristalle. Die hatte sie dort als Geheimvorrat deponiert. Endlich der nächste Flash, das nächste High, endlich der Realität entfliehen! Sie duschte, zog sich Wohlfühlklamotten an und verabredete sich mit Marlene.

Am Freitagabend traf sie ihre Clique und stürzte sich in eine Endlosparty. Irgendwann fiel ihr Niklas ein. Sie schrieb ihm eine SMS:

Halli, Niki-Schatz,
sei nicht böse auf deine Süße, aber ich bin wieder zu Hause. Keine Sorge, das ist okay. Ich bleibe clean! Lass es mich erklären: Der Grund meines Abbruchs lag darin, wie total konzeptlos die Therapeuten mit mir umgegangen sind. In den Einzelgesprächen hatte der Doc überhaupt kein Verständnis für meine Probleme. Der war sogar außerstande, einen sinnvollen Wochentherapieplan zu erstellen. Mich findest du in Storkow nur als Aktennotiz von dem Typen. Die bescheuerten Gruppen gaben mir nichts. Jeden beschissenen Tag kämpfte ich ums Durchhalten. Ich wollte morgens schon gar nicht mehr aufstehen. Ich fragte mich ständig, was ich hier eigentlich soll. Ich konnte so nicht mehr weitermachen. Verstehst du das? Und zu Hause stand Mama kurz vor dem Selbstmord. Wirklich! Sie ist schrecklich depri wegen mir und ihrer ganzen Situation. Sie hat mir so viel Mut zugesprochen und gefleht, dass ich endlich wieder nach Hause komme.

Mein Schatzi, ich hoffe, du verstehst mich.

Ich muss dich morgen unbedingt sehen!

Sei ganz lieb geküsst von deiner

Lydia

Genau dieses Wochenende verbrachte Niklas auf Klassenfahrt in Weimar. Es schmerzte ihn, Lydia nicht besuchen zu können, denn die Sorge um ihren Zustand beherrschte ihn. Am Sonnabend stand die Besichtigung von Goethes Wohnhaus auf dem Programm. Ehrfürchtig streifte er durch das Arbeitszimmer des berühmten Schriftstellers und staunte über dessen üppige Bibliothek. Da brummte plötzlich sein Smartphone: Lydias Nachricht.

Lydias Therapieabbruch stürzte Niklas in tiefe Ängste. Herzjagen plagte ihn. Sein Rücken spannte sich zu einem Panzer an. Ungeduldig sehnte er das Ende der Reise herbei, um Lydia beistehen zu können. Bei der abendlichen Party übermannten ihn Schwindel und Übelkeit, sodass er sich auf sein Zimmer zurückziehen musste. Vorher erbrach er sich auf dem Klo. Der Geruch von gerauchtem Gras und der Lärm hatten ihm den Rest gegeben.

Auf dem Doppelstockbett suchte ihn Schüttelfrost heim. Er telefonierte mit Anni. Sie riet ihm, Lydia keine Vorwürfe zu machen und ihr Hilfe anzubieten. Sie müsse unbedingt sofort weg von ihrer Mutter, dieser dämlichen Alten. Am besten wäre es, sie am Sonntagabend bis auf weiteres in ihre Wohnung zu holen. In den nächsten Tagen würde sich schon eine Lösung finden. Vielleicht käme Lydia in einer anderen Klinik ja besser mit der Entwöhnung klar?

Das Frösteln ging, kalter Schweiß kam. Niklas zermarterte sich das Hirn, starrte auf das karge Zimmer der Jugendherberge, das ihn plötzlich an das von Lydia in Storkow erinnerte. Schließlich tippte er mit zitternden Fingern:

Meine liebe Süße!
Wie könnte ich dir je böse sein? Ich freue mich natürlich riesig auf dich! Wir beide in Berlin vereint – das wird so schön wie früher!
Ich habe aber eine Bitte, die mir hundertprozentig ernst ist: Packe jetzt gleich einen Koffer mit den wichtigsten Sachen, bevor dich deine Mutter wieder ins Tal der Tränen stößt. Du triffst mich am Hauptbahnhof um 16:27 Uhr an Gleis 4.
Ich liebe dich!
Dein Nik

Gegen Mitternacht kamen lärmend seine Klassenkameraden zurück und raubten Niklas den Schlaf. Mit dem partymüden Fynn entfloh er dem Trubel auf einen Nachtspaziergang durch Weimar, bei dem er ihm seine Sorgen anvertraute.

Sie redeten auch über das Auslandjahr in Frankreich, das Fynn in Marseille absolvieren wollte. Er war nach dem Schüleraustausch der einzige gewesen, der Niklas' Ambitionen geteilt und mit ihm zusammen Pläne geschmiedet hatte. Niklas verfolgte sie trotz des Versprechens an Lydia heimlich weiter. An dieselbe Schule konnten sie in Frankreich natürlich nicht gehen, da dies den Prinzipien der Austauschorganisation widersprochen hätte, aber Niklas fand, dass es so weit weg von Berlin von Zeit zu Zeit sicher angenehm wäre, am Wochenende mal einen alten Freund aus der Heimat zu treffen. Außerdem profitierte er von Fynns Organisationstalent.

Die Bahnfahrt am Sonntag führte durch ein von Schneeregen verhangenes Land. Irgendwo hinter Naumburg blieb der Zug auf freier Strecke eine Stunde stecken. An den Rand einer Panikattacke getrieben, rannte Niklas durch die Abteile und zog fluchend jeden Schaffner für die Verspätung zur Rechenschaft. Als der Zug endlich wieder anfuhr, versuchte er unaufhörlich, Lydia zu erreichen. Vergeblich. Um keine Zeit zu verlieren, kratzte er sein letztes Geld zusammen und nahm sich vom Hauptbahnhof ein Taxi nach Pankow. Zu Hause erlöste Anni ihn von seinem Koffer, umarmte ihn und reichte ihm eine Cola. Am liebsten hätte er sich bei ihr ausgeheult.

Stattdessen spurtete er durch den im Dämmer liegenden Park. Nieselregen schlug ihm ins Gesicht. Der durch das Tauwetter aufgeweichte Boden brachte ihn zum Keuchen. Vor Schweiß triefend, stand er etwas später vor der Haustür, drauf und dran, den Mut zu verlieren. Er sah sich außerstande, Frau Weller in die Augen zu schauen.

Aber er klingelte. Keine Reaktion. Nach ein paar Minuten verließ endlich ein Nachbar das Haus, sodass er in den Hausflur schlüpfen konnte. Die schwere Tür fiel hinter ihm zu und er stand in dem trostlosen Treppenhaus mit der abblätternden Ölfarbe. Vor der Wohnungstür der Wellers das vertraute Chaos. Läuten, Klopfen, Wummern – nichts! Vorsichtig legte Niklas das Ohr an das Holz und lauschte. Stille. Verbrachte Lydia die Nacht wieder in der Laube? Die Erinnerung daran war wie ein Schlag in die Magengrube.

Angsterfüllt hastete er die Treppen hinunter und stieß die Haustür auf, die krachend gegen die Wand schlug. Er rannte kilometerweit durch den Regen in Richtung Gartenhaus. Schweiß mischte sich mit Nieseltröpfchen und lief über seine Wangen.

Vor der Baracke raste sein Herz. In den Ohren das Rauschen des Regens. Die Fensterscheibe lag noch in Scherben, wie nach der Prügelei mit Jonas. Es hätte ihn nicht gewundert, Lydias verrottetes Handy irgendwo im Garten zu finden. Vorsichtig griff er durch das zersprungene Glas, öffnete das Fenster von innen und kletterte hinein.

Er knipste das Licht an. Offenbar war niemand in den letzten Wochen hier gewesen. Das Bett sah zerwühlt aus wie nach einer Orgie auf Drogen, dazu Jonas' getrocknete Blutspritzer. Aus einem sinnlosen Impuls heraus begann Niklas, das Bett abzuziehen, die verbrauchte Wäsche in einen Korb zu stopfen, die Decken zusammenzulegen. Dabei dachte er wehmütig an die schönen Stunden, die er hier mit Lydia verbracht hatte.

Plötzlich summte sein Handy.

Niki-Schatz, halli hallo,
kein Grund zur Sorge, alles okey-dokey.
Huuuh, deine ganzen SMS und Anrufe – hatte mein Handy aus.
Soooo geil, wieder zu Hause zu sein, alles so vertraut, endlich wieder FREI träumen & nichts versäumen. Hinweg für immer, ihr Storkower Gitterstäbe! Wir sehen uns morgen Nachmittag nach der Schule, ja? Freue mich soooo auf DICH!
Träume süß von mir, mein Süßer
Deine Lydia – Knutsch

Konsterniert und erschöpft trottete Niklas nach Hause. Alle Versuche, mit Lydia Kontakt jenseits der SMS aufzunehmen, scheiterten. In der Nacht wälzte er sich hin und her, grübelte, wo sie war. Schließlich glitt er in einen unruhigen Schlaf. Ein Traum spukte durch sein gemartertes Hirn.

Das spartanische Zimmer einer Jugendherberge. Klaviermusik. Er unterhielt sich mit Klassenkameraden, Anni und Lydia. Vor dem Haus braute sich ein Unwetter zusammen. Die schwarzen Wolken wirkten irreal, wie mit Kohle gezeichnet. Hand in Hand ging er mit Lydia hinaus, um auf das sturmgepeitschte

Wasser eines Meeres zu blicken. Ein gespenstischer Wind pfiff um die Felsen. Am Ufer stand Anni. Ihr volles Haar, vom Wind zerzaust, glänzte wie Seide. Sie trug ein weißes Kleid mit Ärmeln aus Spitze, an dem der Sturm riss. Sie rief ihm und Lydia etwas zu, was der mächtige Wind forttrug. Endlich begriff er ihre Warnung: Bringt euch in Sicherheit, die Flutwelle! Da: Eine gigantische Wasserwand raste auf sie zu. Er umfasste Lydia und wollte mit ihr ins Zimmer flüchten. Doch seine Hände fassten in Blut.

Am Montag in der Schule gelang es Niklas' schmerzendem Kopf nicht, einen klaren Gedanken zu fassen. Ohnmacht und Anspannung plagten ihn. Von Lydia keine Spur. Gerüchte um die Party am Wochenende machten die Runde. Das Klingeln am Schluss der letzten Stunde war wie eine Erlösung.

Viel zu langsam tuckerte der Bus durch die überfüllte Großstadt. Hätte ich nur das Rad genommen, dachte Niklas. Jede Ampel, jede gemächliche Seitenneigung des grollenden Fahrzeugs an den unzähligen Haltstellen nährten seine Ungeduld. Voller Sorge, Lydia wieder nicht anzutreffen, spähte er aus dem Fenster, während der Bus in die bekannte Ausfallstraße bog.

Die nächsten Momente prägten sich ihm unauslöschlich ins Gedächtnis ein.

Der Bus hielt wenige Schritte vom Haus der Wellers entfernt. Vor dem Eingang standen eine Feuerwehr, zwei Notarztwagen und zwei Polizeiautos. Die Blaulichter warfen kühle Blitze über die Umgebung. Eine Menschentraube hatte sich gebildet. Die Schaulustigen starrten gebannt auf ein für Niklas verborgenes Geschehen. Er überlegte, welcher Notfall eine so faszinierende Wirkung auf Gaffer ausüben mochte.

Er stieg aus und ging darauf zu. Für Sekundenbruchteile gaben die Zuschauer den Blick auf eine Trage frei. Lydia! Ihr Gesicht war blassblau, wie nicht mehr von dieser Welt. Ein Arzt beatmete sie über eine Maske, ein anderer hantierte mit Infusions- und Sauerstoffflasche. Schläuche steckten in Armen und Hals.

Die Szene lief vor seinen Augen wie in Zeitlupe ab. Er war wie gelähmt. Seine zitternden Knie drohten einzuknicken. Er fühlte sich, als umklammere eine riesige Faust mit eisernem Griff Brust und Magen.

„Das kann nicht wahr sein", flüsterte er, „das kann einfach nicht wahr sein."

Nach einem Augenblick der Lähmung schob er die Gaffer beiseite. Seine Entschlossenheit ließ die Leute zurückweichen. Er schritt auf das Rettungsteam zu. Tausend Gedanken rasten ihm durch den Kopf.

„Was hat sie?"

Die Ärzte gaben ihm keine Auskunft, erklärten ihm nur, sie käme auf die Stroke Unit ins Klinikum Berlin-Buch, eine spezialisierte Station für Schlaganfälle. Dann schlugen die Türen des Einsatzwagens zu.

Ein Schwindel erfasste Niklas. Er hatte Mühe, nicht in Ohnmacht zu fallen. Wie durch einen Nebel hörte er Frau Weller mit gestrecktem Finger auf die Helfer schimpfen.

„Warum hat das so lange gedauert? Wenn was schiefläuft, erstatte ich Anzeige!" Dann lamentierte sie: „Wäre ich bloß früher nach Hause gekommen! Mein armes Kind … Sie lag schon blau auf dem Bett … Schrecklich, wie tot … Die arme Süße! Warum musste ich nur heute arbeiten?"

Mit dem nächsten Bus folgte Niklas dem Notarztwagen ins Klinikum. Das Erlebte drohte ihm den Boden unter den Füßen wegzureißen. Er suchte Halt an einer Stange, umklammerte sie mit beiden Händen. Fieberhaft kreisten seine Gedanken um das Wort Schlaganfall.

Im Krankenhaus fragte Niklas sich durch. Ein besonnener grauhaariger Arzt teilte ihm mit, bei der jungen Frau müsse ein schwerer Schlaganfall versorgt werden. Die Ärzte kämpften um ihr Leben. Seine Bitte, ihr zur Seite stehen zu dürfen, schlug er ab, Niklas sei kein naher Verwandter. So fand er sich schließlich auf einem Flur zwischen Operationssaal und Intensivstation wieder, dessen Sterilität ihn verstörte. Durch automatische Türen strömten in unregelmäßigen Abständen Ärzte und Pflegepersonal und verbreiteten professionelle Hektik. Stundenlang spähte er aufgepeitscht vor Angst in die Räume hinter den magischen Türen, in das fremde Universum. Doch bis auf ein paar flimmernde Überwachungsmonitore entzog sich die Station seinem Blick.

In einem eigenartig unwirklichen Zustand von Wachheit erlebte Niklas jede Sekunde wie eine Ewigkeit. Und jede von ihnen war angefüllt mit quälenden Fantasien. Wie groß waren die Chancen auf Heilung? Welche Maßnahmen ergriffen die Ärzte, um sie zu retten? Und warum erlitt eine Sechzehnjährige überhaupt einen Schlaganfall? Er konzentrierte sich so auf diese Grübeleien, dass er sich nicht einmal fragte, warum Lydias Mutter nicht neben ihm saß. Stattdessen fühlte er sich auf merkwürdige Weise selbst vom Tod bedroht und damit Lydia stärker verbunden als je zuvor.

Da ein Arzt für ein Gespräch nicht zur Verfügung stand, wandte er sich schließlich an eine Schwester, um seinen Informationshunger zu stillen. Ihr Zustand sei kritisch, erklärte diese ernst. Die linke Gehirnhälfte sei komplett betroffen und die Ärzte überlegten, ob eine Operation zur Entfernung der Blutung noch durchführbar sei. Die Antwort auf seine Frage nach Besserungsaussichten blieb sie ihm schuldig.

Niklas begriff die medizinischen Zusammenhänge nur vage. Für ihn blieb die Zeit stehen und er ahnte, dass sich sein Leben grundlegend ändern würde. In seiner Not rief er mitten in der Nacht seine Mutter an und schilderte ihr mühsam die Lage. Sein Mund war so ausgetrocknet, dass er kaum sprechen konnte. Sie vermutete, selbst tief erschüttert, dass mit der geplanten Operation ein tödliches Einklemmen des Gehirns verhindert werden sollte, weil dieses durch den Bluterguss und die Schwellung zu stark unter Druck geraten sei.

In den frühen Morgenstunden bat der grauhaarige Arzt Niklas schließlich in sein Dienstzimmer.

„Ich muss Ihnen eine sehr traurige Nachricht überbringen", sagte er behutsam und mit warmherziger Stimme. „Ihre Freundin hat es leider nicht geschafft. Sie ist verstorben. Es tut mir sehr leid, Niklas."

Zitternd und durchdrungen von existentieller Hilflosigkeit sank Niklas auf dem Stuhl zusammen. „Das kann doch gar nicht sein", flüsterte er, „sie ist doch erst sechzehn!"

*Sie hat es nicht geschafft.* Er war unfähig, die Bedeutung der Aussage zu begreifen. Während der weiteren medizinischen Erläuterungen des Arztes blockierten seine Gedanken; zudem erfasste ihn eine innere Erstarrung, die ihn unfähig machte zu weinen.

„Eine Notoperation war leider unmöglich", erklärte der Arzt. „Die große Blutung hat früh zu einem Koma geführt. Wir hätten ihr die komplette linke Hirnhälfte entfernen müssen. Selbst wenn sie es geschafft hätte, wäre sie ein Schwerstpflegefall geworden. So etwas ist ein Schicksal, bei dem wir mit unseren Mitteln an Grenzen stoßen."

Dann erläuterte er Details: Vermutlich ein krisenhafter Anstieg des Blutdrucks hatte eine große Arterie in Lydias Gehirn zum Bersten gebracht. Niklas begriff: Das Blut war zu einem tödlichen Angreifer geworden. Wie glühende Lava hatte es sich durch ihre Zukunftspläne gewühlt, hatte ihre Wünsche und Hoffnungen zerstört, ihre Träume zerplatzen lassen, ihre Talente und ihr Wissen vernichtet, ihr Gedächtnis ausgelöscht und schließlich ihren jungen Körper aus dem Leben gerissen.

„Möchtest du sie noch einmal sehen“, fragte der Arzt nach einer Weile.

„Was?“ Niklas schreckte hoch wie aus einer Betäubung.

„Ob du dich mit einem letzten Blick von ihr verabschieden möchtest?“

Ohne nachzudenken stimmte er zu, denn damals, beim Tod seines Großvaters, hatte er diese Möglichkeit nicht gehabt.

Die automatische Tür zur Intensivstation öffnete sich. Bis auf ein paar Schläuche im Hals deutete kaum etwas auf den Kampf der Ärzte gegen den Tod hin. Friedlich lag Lydia auf dem Bett, die Augen geschlossen, das Gesicht weiß, aber sonst fast gesund wirkend. Sie wacht gleich wieder auf, dachte Niklas, und dann spricht sie mit mir. Wenn das geschieht, schwor er, werde ich gläubig.

Er setzte sich zu ihr, nahm ihre Hand und drückte sie. Sie fühlte sich noch ganz warm an. Zärtlich streichelte er ihr Gesicht und gab ihr einen Kuss.

„Meine Süße, ich werde dich nie vergessen …“

In der spärlichen Dämmerung des frühen Morgens verließ Niklas fluchtartig die Klinik. Er wähnte sich in einer bösen Irrealität und stand neben sich. Erschöpfung übermannte ihn. Er versuchte, die Bilder und Gefühle, die ihn heimsuchten, zu unterdrücken, sie nicht an sich heranzulassen, aber sie holten ihn ein: das blasse, wie schlafende Gesicht, die warme, tote Haut unter seinen Händen …

Eine fremde Kraft schien ihn von zu Hause wegzulenken, nach Köpenick, zum Grab seines Großvaters. Er sah in die Trübnis des Himmels, aus dem es fortwährend nieselte. Die kahlen Bäume warfen schwache Schatten.

Auf dem parkähnlichen Gelände herrschte morgendliche Stille. Niklas fröstelte, das Gehen fiel ihm schwer. Das Grab seines Großvaters war liebevoll gepflegt, von einem Friedhofsgärtner, den seine Mutter beauftragt hatte, wusste Niklas. Er nahm einen Strauß Blumen vom Nebengrab, legte ihn auf die grüne Winterabdeckung und hockte sich hin.

Bis heute verstand und akzeptierte er nicht, dass sein Großvater nicht mehr bei ihm sein konnte. Zu ihm hatte er ein ganz besonderes Verhältnis gehabt, weil er immer an ihn geglaubt hatte und immer für ihn da gewesen war. Niklas würde ihn nie wiedersehen, nie wieder mit ihm sprechen, nie wieder mit ihm lachen.

„Sie ist gegangen, Opa, sie wurde … sie wurde mir einfach aus den Händen gerissen."

Schon nach dem ersten Satz versagte Niklas' Stimme. So knüpfte er die Verbindung zu seinem Großvater in Gedanken: Ob ich es hätte verhindern können? Wir hatten noch so vieles vor, wollten noch so viele Dinge unternehmen, zusammenziehen … Obwohl ich so traurig bin, kann ich nicht weinen.

Er legte seinen Kopf auf das Tannengrün und lauschte, was sein Großvater ihm wohl geantwortet hätte: Der Tod gehört zum Leben dazu, Niklas. Nimm dir Zeit für deine Traurigkeit, aber begeh nicht den Fehler, dich von dieser Welt zu verabschieden.

Nachdem er die Bedeutung des Rates begriffen hatte, brach er weinend zusammen. Er wälzte und krümmte sich, von stakkatoartigen Wellen erschüttert, auf dem Grab, bedeckte sein Gesicht mit den Händen und ließ den Tränen der Verzweiflung und Einsamkeit freien Lauf.

# 9

Die folgenden Tage erschienen Niklas wie ein Albtraum, von dem er nicht wusste, wie er ihn überstehen sollte. Lydia hatte ihn für immer verlassen. Alles stand still, alles war sinnlos. Doch seine Umgebung lebte einfach weiter, als wäre nichts geschehen. Morgens immer die gleichen Leute, die gleiche Schule, die gleichen Abläufe, Geschäfte und Häuser. Und auch er funktionierte weiter, stand automatisch jeden Tag auf, duschte, trank Kaffee, aß ohne Appetit und stürzte sich in Arbeit, obgleich er nicht mehr wusste, wofür. Die sich ständig um Lydia drehenden Träume und Erinnerungen, der quälende Schmerz, sie nie wiedersehen, sie nie wieder berühren zu können, ließen ihn fast den Verstand verlieren.

Manchmal versuchte er sich einzubilden, sie wäre nur auf einer Reise und käme bald zurück. Oder er wartete und hoffte, dass sie sich nur verspätet hätte und gleich an der Tür läuten würde. Doch die Realität holte ihn immer wieder ein und dann war es schlimmer als zuvor.

Weder seine Eltern noch seine Freunde konnten ihm helfen. Sie sagten nur immer, er müsse stark sein und das Leben ginge weiter – Kopf hoch! Niklas fand diese leeren Durchhalteparolen unerträglich, sodass er begann, sich einzuigeln. Da er abweisend wirkte, zogen sich außer Anni alle zurück und sprachen in seiner Gegenwart nicht mehr über Lydias Tod. Seine Mutter wollte ihn sogar zu einem Therapeuten schicken, weil sie sich Sorgen machte, er könne auf krankhafte Art im Trauerprozess stecken bleiben. Doch Niklas lehnte eine Therapie ab.

Sah er von hinten eine kastanienbraune Mähne, glaubte er, seiner verlorenen Freundin zu begegnen. Dieses seltsame Gefühl beschlich ihn im Park und in ihrem Lieblingscafé, an Orten also, die er mit ihrer gemeinsamen Zeit verband. Oft saß er am Schreibtisch, sah sich Fotos an und grübelte vor ihrem Bild *Gitarrenspieler und weiblicher Akt.* Bei der Arbeit daran hat sie vermutlich ihre ganze Lebenskraft noch einmal ausgelebt, dachte er. Hatte Lydia damit einen Gegenpol zu ihrer Schwäche setzen wollen? Hatte sie ihr nahendes Scheitern gespürt oder gar ihren baldigen Tod? Niklas schritt bei diesen Gedanken durch ein tiefes Tal.

Das schlechte Gewissen lag wie ein Fels auf seiner Brust, weil er Lydia mit seinem Auslandsjahr belogen hatte. Er hätte nie gedacht, dass Tote so hohe Ansprüche an einen stellen und einem so viel abverlangen konnten. Manchmal kam es ihm fast so vor, als hätte er sie mit einer anderen betrogen, mit Marlene womöglich. Das wäre ungefähr dieselbe Kategorie gewesen. Wenn ich mal sterbe, dachte er, gibt es hoffentlich nichts mehr, auch keine Seele. Nur noch ewige Ruhe.

Nur Anni drang gelegentlich zu ihm durch und vertrieb etwas die Schatten.

„Es ist, als hätte mir jemand heimtückisch meine Liebe entrissen", vertraute Niklas sich ihr an. „Ich stehe bei Null und sehe kein Licht mehr."

„Ja, man denkt, es geht nie mehr weiter", sagte Anni bedrückt, „alles scheint sinnlos und leer. Das ging mir bei Opas Tod genauso. Aber glaub mir, da ist noch ein Licht. Du siehst es jetzt nur nicht."

„Ich denke laufend an sie und komme über diesen Schmerz einfach nicht weg. Ich will damit auch gar nicht aufhören, weil sie so besonders war. Sie darf auf keinen Fall in Vergessenheit geraten!" Einen Augenblick lang schwieg er und blickte in ihre traurigen Augen. „Und doch will ich, dass der Schmerz aufhört. Verstehst du das?"

„Ja“, sagte sie. „Du wirst ihr Andenken bewahren, Nik. Dann gerät sie nicht in Vergessenheit. Und was deinen Schmerz angeht: Schrei ihn dir von der Seele, auch deine Angst und Hilflosigkeit!“

„Das kann ich nicht. Mein Hals ist wie zugeschnürt. Mir ist manchmal, als irre ich in einer öden Tundra rum. Jeder Schritt schmerzt und dornige Zweige reißen mir Wunden in die Füße. Dann hocke ich mich auf einen Stein und fange an zu heulen. Und weißt du, welche Frage mich dann quält?“

Sie schüttelte den Kopf.

„Warum sie und nicht ich?“ Er erschauerte einen Moment. „Ich hätte schon Wochen vorher an einem Herzanfall sterben können!“

„Solche Fragen beschäftigen die, die zurückbleiben müssen, oft, schätze ich“, sagte Anni und nahm seine Hand. „Du fühlst dich schuldig, Nik, aber du bist es nicht. Akzeptiere das!“

„Aber wenn es sich doch so anfühlt? Diese Schuldgefühle sind so quälend, so real! Ich kann das nicht einfach so als Schicksal annehmen!“

„Woran hast du denn Schuld? Auf ihr Schicksal hattest du keinen Einfluss, glaub mir. Und es war Schicksal, dass ihre Gehirnarterie eine Schwachstelle hatte und geplatzt ist.“

„Sag das nicht so hart!“

„Ich meine damit ja nur, dass du keine Macht über ihr Leben hattest. Auch nicht über ihre Sucht.“

„Doch“, widersprach er, „ich habe sie schließlich dazu verführt!“

„Ja, es war ein Fehler, ihr den Stoff zu besorgen. Aber sie hat ihn genommen, das war ihre eigene Entscheidung.“

„Aber …“

„Kein Mensch ist perfekt. Und deshalb solltest du nicht zu

hart sein gegenüber dir selbst. Es ist jetzt sowieso Vergangenheit. Es kann nicht wieder rückgängig gemacht werden. Selbstbestrafung und Selbstzerfleischung bringen dir gar nichts. Sie kosten dich nur Lebensenergie, die du in Besseres investieren kannst. Meinst du nicht, Lydia würde auch so denken?"

Mit gesenktem Kopf lauschte Niklas ihr und biss sich auf die Lippen, bis es schmerzte.

„Du hast alles für sie getan, ruf dir das in Erinnerung! Okay?"

Er blickte vorsichtig auf und sah direkt in ihre Augen.

„Ohne dich, Nik, wäre sie nicht mal in die Klinik gekommen. Durch ihre Mutter bestimmt nicht!"

„Da hast du recht … Diese dumme Gans!", pflichtete er ihr bei. „Ich verzeihe ihr nie, was sie Lydia angetan hat!" Nach einem bitteren Lachen deutete er drohend mit dem Zeigefinger in den Raum. „Ich schreibe ihr einen Brief! Den kann sie sich dann an die Wand nageln."

„Würde ich lassen", riet Anni, „das bringt nur Stress. Der blöden Kuh ist sowieso nicht zu helfen, glaub mir."

Zu seiner Trauer und Verzweiflung kam Wut, als Niklas erfuhr, was an jenem verhängnisvollen Wochenende geschehen war: Aus dem Regionalteil der Zeitung („Schülerin, 16, stirbt an Schlaganfall im Crystal-Rausch") entnahm er Fakten der polizeilichen Ermittlungen. Danach war Frau Weller nach dem Abbruch von Lydias Therapie das gesamte Wochenende zu ihrer Schwester nach Potsdam gefahren. Lydia war inzwischen auf Partys herumgeirrt und hatte sich bei der „Crystal-Community" jenen Stoff besorgt, der sie am Montag getötet hatte. Frau Weller fand sie nach Feierabend bereits im Koma vor.

Niklas telefonierte mit Marlene. Sie war inzwischen in derselben Jugendpsychiatrie wie Lydia auf Entzug. Ihre Eltern hatten sie einweisen lassen. Die beiden Anwälte veranstalteten wegen der Drogen einen „Riesenterz“, wie Marlene sagte, konfrontierten Eltern von Klassenkameraden mit dem Problem und initiierten Gesprächsforen. Marlene erzählte ihm, dass Jonas und zwei weitere Typen aus ihrer Klasse das Meth bei einem Dealer am Mauerpark gekauft hatten. Selbst gequält von Schuldgefühlen und unglücklich, flehte sie Niklas um Verzeihung an, als sie ihm schließlich ihre Rolle in dem Drama beichtete. Der Horror würde sie ihr ganzes Leben lang verfolgen, meinte sie.

Niklas half Marlenes Geständnis etwas, da er sah, dass auch andere in Schuld verstrickt waren. Dennoch bekam er die Wut, die immer wieder in ihm aufstieg, nicht unter Kontrolle. Wir ein Irrer prügelte er dann auf Kissen ein, japste nach Luft und fluchte. Er hielt sich für den schlechtesten Menschen auf Erden, weil er Lydia in die Sucht getrieben hatte und sie am Ende nicht hatte retten können. Warum nur war sie rückfällig geworden? Wie einsam und verzweifelt musste sie sich gefühlt haben? Diesen Fragen musste er auf den Grund gehen.

In seinem Zorn fand er schließlich den Mut, Frau Weller aufzusuchen – entgegen Annis Rat. Mit aufeinandergepressten Lippen und hochrotem Gesicht stapfte er durch den winterkahlen Park, festentschlossen, ihr die Meinung zu sagen. Am Rande begleitete ihn die Gewissheit, dass dies sein letzter Besuch in Lydias lieblosem Zuhause sein würde.

Frau Weller wirkte noch ungepflegter als früher und bewegte sich nur schwerfällig. Nach dem Öffnen der Tür fiel sie ihm unvermittelt in die Arme.

„Ich dachte“, sagte sie mit feuchten Augen, „du kannst mich überhaupt nicht mehr leiden und findest nie wieder hierher.“

Rasch entwand er sich der Umarmung und wusste nicht, wie er mit ihrer Zudringlichkeit umgehen sollte. Das aufkeimende Mitleid verflog rasch, als er die Wohnung sah: Die Luft roch abgestanden wie in einem schlecht geführten Altersheim und war geschwängert von kaltem Zigarettenqualm. Dazu überall Unordnung, Chaos, Dreck. Bei ihrer Heimkehr musste erneut die Hölle über Lydia hereingebrochen sein.

„Willst du einen Espresso?", fragte Frau Weller.

Ablehnend schüttelte er den Kopf, sprachlos angesichts der Atmosphäre.

„Ständig kommen diese Gedanken hoch", erzählte Frau Weller und fütterte die Espressomaschine, „dass die arme Süße noch ihr ganzes Leben vor sich hatte. Geht es dir nicht auch so? Ich hoffe immer, ich wache irgendwann auf und alles ist wieder gut. Aber ich weiß, das kommt nicht. Und deshalb habe ich nur noch den Wunsch zu sterben. Es hat die letzten Jahre so viel Kraft gekostet, sich zum Weiterleben zu zwingen …"

Niklas widerte ihr Selbstmitleid an. Trotz seiner Erregung fragte er direkt: „Wäre es nicht besser gewesen, für Lydia bei ihrer Rückkehr aus Storkow da zu sein?"

Prompt fing er sich einen hasserfüllten Blick ein, während sie sich eine Zigarette anzündete und ihre Tasse mit dem schwarzen Gebräu vollgoss.

„Dir fehlen wohl ein bisschen Durchblick und Verantwortungsbewusstsein, was, Niklas? Wo warst du denn an dem Sonntag?"

„Auf Klassenfahrt", antwortete er bitter. Schuldgefühle schnürten ihm die Kehle zu.

„Tolles Vergnügen", sagte sie sarkastisch, „während wir hier gekämpft und gelitten haben."

„Das war kein Vergnügen!", protestierte er laut, aber ruhig, obwohl es ihm Mühe bereitete, nicht aufzubrausen. „Merken Sie nicht, was für einen Unsinn Sie da reden? Sie waren bei einer Party, als Lydia sich …"

„Kannst du vielleicht etwas leiser sprechen?", unterbrach Frau Weller ihn gereizt und ließ wie auf Bestellung ihre Mundwinkel sinken. „Immerhin hat meine Schwester ihren Fünfzigsten gefeiert und ich musste sie unterstützen. Sie hat es wirklich nicht leicht mit ihrer Bandscheibe, sie braucht mich mehr als je zuvor. Vielleicht bedenkst du das mal, bevor du mir Vorwürfe machst."

„Die Bandscheibe Ihrer Schwester hat damit nichts zu tun", blieb er hart. „Sie hätten Lydia einen freundlichen Empfang bereiten und als Mutter für sie da sein müssen. Da können Sie sich nicht rausreden!"

„Du greifst mich nur an, weil du mich fertigmachen willst!", schrie sie plötzlich. „Entschuldige, aber vielleicht habe ich mich nicht klar ausgedrückt: Ich war immer allein auf mich gestellt, hatte nie Hilfe, auch nicht von Lydia, von niemanden!"

„Nirgends muss es so aussehen wie hier", sagte Niklas und ließ den Blick über den schmierigen Küchenfußboden schweifen. „Und wenn wir schon mal dabei sind: Warum haben Sie Lydia in Storkow nicht unterstützt? Dort hätte man ihr helfen können."

„Pah! Du willst mir doch nicht weismachen, dass die unfähigen Quacksalber da eine Hilfe waren?"

„Doch, das will ich!" Am liebsten hätte er sie zusammengeschrien und krankenhausreif geprügelt.

Beleidigt stopfte sie die Zigarette in den überfüllten Aschenbecher. Ihre Augen füllten sich mit Tränen.

„Bist du jetzt endlich glücklich, nachdem du mich so verletzt hast?"

„Nein", sagte er fest. „Ich glaube nur, Sie hätten selbst schon vor Jahren eine Therapie machen müssen, Frau Weller. Dann wäre es mit Lydia nie so weit gekommen."

Darauf schlug ihm eine Miene blanken Hasses entgegen, bevor sie aus der Küche rauschte und ihn einfach stehenließ. Einen Moment überlegte Niklas, ob er den Kühlschrank öffnen und nachsehen sollte, ob Senf und Kapern noch da waren. Dann flüchtete er.

Lydias Beerdigung würde auf dem Friedhof Nordend in Pankow stattfinden. Der Gedanken daran versetzte Niklas in Angst und Verzweiflung. Er wusste nicht, wie er den Tag überstehen sollte, an dem man ihre Urne in das finstere Loch herunterließ. Nach dem Begräbnis seines Großvaters hatte er sich geschworen, nie wieder an einer solchen Feier teilzunehmen. Aber Leben und Tod nahmen darauf keine Rücksicht, auch nicht darauf, dass er noch nicht bereit war für den Abschied. In einer fernen Ecke seines Hirns geisterte die Überlegung herum, wie leicht die schweren Stunden mit einer Line Meth zu überstehen wären …

Morgens zwängte er sich in seinen zu klein gewordenen Konfirmationsanzug, kämmte sich die Haare und sah in den Spiegel. Hinter der ruhigen Miene rumorte Furcht.

Während der Autofahrt zum Friedhof herrschte Schweigen. Niemand fand Worte, keiner wollte etwas sagen. Anni und Niklas saßen auf der Rückbank. Manchmal drückte sie seine Hand und streichelte seine Schulter.

Familie Röder parkte vor dem Friedhofstor, an dem bereits Trauergäste standen; alle in dunkler Kleidung, Blumen tragend. Ständig strömten Menschen herbei, bekundeten einander Beileid. Niklas wunderte sich über die vielen Leute. Eigentlich hatte Lydia doch nur wenige Freunde gehabt. Jeder liebt dich, wenn du ein paar Handbreit unter der Erde liegst, dachte er.

Fremde Gesichter huschten an ihm vorbei. Er tauschte einen

flüchtigen, unversöhnlichen Blick mit Frau Weller, die im Mittelpunkt des Geschehens stand. Von Lydias Stiefvater fehlte jede Spur. Herr Kramer dagegen war aus Köln angereist, um seiner Tochter die letzte Ehre zu erweisen. Niklas beeindruckte seine imposante Erscheinung. Ihre Schönheit musste Lydia von ihm geerbt haben; sie schien ihm wie aus dem Gesicht geschnitten zu sein.

„Lernen wir uns auch mal kennen", sagte Niklas und reichte ihm befangen die Hand.

„Ja, endlich", sagte Herr Kramer und klopfte ihm auf die Schulter. „Na, alles klar?"

Niklas schüttelte den Kopf und wunderte sich über die Frage. Wie konnte dieser Mann mit den riesigen Pupillen erwarten, dass irgendetwas klar wäre? Immerhin hatte er die Rechnung für die Beerdigung beglichen, hielt er ihm zugute, sonst hätte das Sozialamt einspringen müssen.

Zarah, die aus Storkow zur Beerdigung gekommen war, umarmte Niklas.

„Es tut mir so leid", sagte sie mit bebender Stimme. „Unsere arme Lydia! Sie war es wert, so von dir geliebt zu werden. Sie wird immer in unseren Gedanken sein, auch wenn sie schon auf der anderen Seite ist."

Trotz ihrer Trauer wirkte Zarah gefestigt und stark. Sie schafft es bestimmt, dachte Niklas, denn sie hatte sich unter Schmerzen geöffnet und war dabei, ihr Leben zu ändern.

Als alle versammelt waren, schritten die Trauernden die von alten Linden gesäumte Alle entlang zur neogotischen Kapelle, vorneweg die engsten Familienangehörigen. Kurz vor dem Klinkerbau fiel Niklas ein Ehrenhain für die im Ersten Weltkrieg Gefallenen auf. Wer erinnert sich noch an sie, dachte er.

Die Feierhalle bot Platz für siebzig Personen, aber sie war zu klein. Einige Klassenkameraden von Lydia mussten hinten stehen. Niklas saß in der dritten Reihe zwischen seiner Mutter und Anni. Der Anblick der kupferfarbenen Urne in dem roten Rosenkranz, umsäumt von Gerbera, ließ Tränen über seine Wangen rinnen. Auch viele andere weinten ergriffen, was während der besinnlichen und zugleich bedrückenden Musikdarbietung weiter zunahm. Ein Organist spielte Bachs „Air".

Nach dem Orgelstück hielt der Pfarrer die Trauerrede. Er sprach von Ohnmacht, schweren Herzen und der Macht des Todes, die alles so schnell verändern könne, erwähnte Lydias Wunsch, Ärztin zu werden, flocht Anekdoten aus ihrer Kindheit ein und umschrieb den harten Alltag, den sie allein mit ihrer Mutter hatte bewältigen müssen, mit wolkenhaften Sätzen. Nur Niklas erwähnte er mit keinem Wort, denn Frau Weller hatte ihm diesen Teil des Lebens ihrer Tochter verschwiegen. Im letzten Abschnitt seiner Rede stellte er die Frage nach dem Warum. Sie stehe vor den Hinterbliebenen immer wie eine undurchdringliche Mauer. Die Anwesenden sollten neben dem Schönen und Guten das von Lydia in Erinnerung behalten, was jedem einzelnen von ihnen in den Sinn käme, wenn er an sie denke. Wer von Gott gerufen werde, der bleibe am Leben.

Danach wurde die Urne zum Grab getragen, gefolgt von der andächtigen Prozession der Trauergäste. Der Pfarrer betete mit gefalteten Händen und segnete Lydia auf ihrer letzten Reise, bevor er dreimal Sand in die Grube warf. Alle taten es ihm nach. Als Niklas' Erde auf die Urne prasselte, stiegen all seine Trauer und Liebe noch einmal in ihm empor. Zitternd warf er einen langen Brief an sie und eine Fotocollage in das Dunkel, um ihr näher zu sein und ihr etwas mit auf den Weg zu geben.

Anni, die als nächstes den schweren Schritt ging, weinte ebenso wie Niklas. Während Frau Röder das Blumengebinde ihrer

Familie auf das Grab legte, hielten sie sich bei den Händen und spendeten einander Trost. Sie blickten auf das Blumenmeer. Und plötzlich begriffen sie, dass Lydia endgültig fort war.

Im Sommer desselben Jahres wurde Niklas von seinen Eltern und Anni am Flughafen verabschiedet. Er hatte hart für sein Auslandsjahr gearbeitet, um sich von seiner Trauer abzulenken. Dann, nach monatelangen Diskussionen, war er langsam zu seinen Eltern durchgedrungen und hatte ein offenes Ohr für seine Probleme gefunden. Endlich hatten sie nachgegeben und standen seinem Jahr in Aix-en-Provence nicht mehr im Wege.

Auf dem Flughafen herrschte die übliche hektische Atmosphäre: Geschäftsmänner zogen Trolleys hinter sich her, vorfreudige Reisende liefen durcheinander und kauften noch ein paar Gastgeschenke oder Lesestoff in den Shops. Die allgemeine Erregung übertrug sich auf Niklas und steigerte sein Reisefieber.

Seine Mutter scheiterte bei dem Versuch, ihre Abschiedstränen zu unterdrücken. Während der letzten Umarmungen und guten Wünsche am Gate glitzerten ihre Wangen feucht. Auch die Stimme seines Vaters, der sonst nicht gerade seine Gefühle vor sich hertrug, bebte und sein Atem ging schneller.

Als Anni ihn ein letztes Mal vor dem Abflug drückte, flüsterte sie ihm ins Ohr: „Bleib sauber, Bruderherz. Und denke an deinen Schwur!“

Ein Bus brachte Niklas und die anderen Reisenden zum Flugzeug, das auf einer Außenposition wartete. Als er zu der Maschine lief, schien ihm die gleißende Sonne wie ein vorweggenommener Willkommensgruß aus Südfrankreich ins Gesicht. Die Luft flimmerte über dem Flugfeld, und die Düsen der Maschine donnerten ohrenbetäubend.

Die Erwartung, endlich seine Freunde in der Provence wiederzusehen, die Vorfreude auf das warme Klima, die herzliche Familie Rousseau und Sylvies Begrüßungsküsse ließen Niklas' Körper kribbeln. Zum ersten Mal saß er ohne seine Eltern in einem Flugzeug, seine erste Reise allein!

Am Anfang der Startbahn heulten die Düsen los, das Flugzeug beschleunigte, vibrierte, wackelte. Die Passagiere wurden in die Sitze gedrückt. Dann glitt der Jet über den Beton hinweg und stieg steil und unbeirrbar hinauf in die Luft. Niklas schluckte, um den Druck in seinen Ohren auszugleichen und unterdrückte aufsteigende Tränen. In diesem Moment verlagerte sich das Gewicht seines Lebens von einem Punkt auf den anderen.

*Erik D. Schulz*

*bei Delfy International Publishing*

## Frühaussteiger

Jugendroman, © 2017
ISBN 978-3-9814022-3-0

Der unerwartete Tod seines Vaters reißt den 15jährigen Sebastian aus seinem behüteten Leben. Nach dem Umzug sucht er Freunde und Anschluss in der neuen Schule, findet aber nur Ausgrenzung, Gewalt und Mobbing – und zu allem Überfluss ist da auch noch eine sadistische Mathelehrerin.
Zu Hause ist es kaum besser: Streitereien mit der Mutter und dem verhassten Stiefvater vergiften die Atmosphäre. Scbastian ist verzweifelt, sieht keinen Sinn mehr im Leben.
Trotz seiner Probleme verliebt er sich in Annika aus der Parallelklasse. Sie ist sein Hoffnungsschimmer, das helle Licht, das ihn retten kann. Doch hat er eine Chance bei dem Mädchen? Nach einer brutalen Schlägerei im Klassenzimmer fasst Sebastian einen folgenschweren Entschluss …

Erik D. Schulz erzählt intensiv und authentisch von den Träumen, Hoffnungen und der teilweise brutalen Lebenswelt von Teenagern.
Ein wichtiges, kraftvolles Buch – nicht nur für Jugendliche!